SÉDUCTION INDÉCENTE

SÉDUCTION INDÉCENTE

ROMANCE DE MILLIARDAIRE

STEPHANIE BROTHER

Susanne Guan

Independent

Chapter 1

NICOLE

Une personne sur cinquante rencontre l'amour de sa vie dans un avion. J'ai lu ça dans un magazine quelque part. Est-ce que c'est à cause de la proximité forcée ou des heures de conversation polie qui se transformeraient en autre chose ? Est-ce que parce que vous êtes dans un avion en route pour la même destination, ça rapproche ? Est-ce que ça se passe plutôt en classe éco ou en business ?

Je réfléchis à toutes ces questions en bouclant ma ceinture tout en contemplant, à travers le minuscule hublot ovale, la pluie former des flaques sur l'asphalte autour du bâtiment gris de l'aéroport. Puis je me dis que ce genre de statistiques sont créées de toute pièce pour divertir ; elles font parler les gens, peut-être les font-elles rêver ? Ce sont un peu les contes de fée de notre époque ; elles nous remplissent la tête d'idées romantiques alors que le romantisme n'existe pas vraiment. Je jette un coup d'œil aux passagers assis avec moi à l'avant de l'avion : des types dégarnis, rougeauds, bedonnants. Voilà les hommes qui gèrent le monde des affaires au-dessus de l'atlantique, rien qui pourrait allumer le feu entre tes cuisses.

D'ailleurs ça fait longtemps que je n'aie rien ressenti à cet endroit. Quand une relation se termine comme la mienne s'est terminée, la confiance disparaît et le sexe sans la confiance, très peu pour moi. J'ai besoin d'un homme qui soit entièrement engagé dans notre relation. Comme ça, mon cœur ne souffrira pas et ma réputation non plus. De cette façon, je finirai par faire un mariage idyllique comme celui de mes parents – c'est ce que je désire le plus au monde.

L'homme d'affaires en costume sur le siège d'à côté se tourne vers moi, croise mon regard et me fait un grand sourire. Ses dents sont légèrement jaunâtres -sûrement à cause d'un excès de café - et je remarque une certaine mollesse du côté de son cou. C'est parti...voilà ce qui se passe vraiment entre les hommes et les femmes dans les avions :

— Vous rentrez chez vous ? me demande-t-il avec un accent du sud dégoulinant de mélasse.

Je fais non de la tête :

— Je pars de chez moi.

Il fronce les sourcils, enfin les espèces de limaces poivre et sel qui lui servent de sourcils :

— J'adore l'accent britannique, dit-il.

J'ai envie de lui dire que l'accent britannique n'ex-iste pas mais je me comporte en « Britannique » polie et garde mes pensées pour moi. Pour en finir avec cette conversation sans paraître impolie – Dieu m'en garde – je commence à farfouiller dans mon sac à la recherche de mon téléphone et du magazine à deux balles que j'ai pris au duty-free. M. Limace semble avoir compris le message ; il se tourne pour trafiquer la télécommande de l'écran devant lui.

Dans les premières pages du magazine, on a l'habituel article intitulé : « Les 10 produits qui vous aideront à ne pas ressembler à une vieille peau » puis « Les 20 tenues que personne n'a les moyens de s'acheter et qui ne vont qu'à une brindille ». Je tourne les pages, complètement désabusée par tous ces articles qui sont censés me parler. Soit, j'ai glissé hors du lectorat cible de ce genre de littérature sans m'en rendre compte, soit ces magazines sont totalement à côté de la plaque. J'en ai marre de lire des trucs qui me dépriment. Je veux des articles qui m'inspirent et me motivent. Je veux lire des papiers sur des gens qui changent le monde. Vers la fin du magazine, je découvre un article sur le sexe et les relations hommes-femmes. Je ne sais même pas pourquoi je commence à le parcourir mais soudain une phrase m'interpelle : « Pourquoi les hommes ne voient le sexe que comme un plaisir physique alors que les femmes y attachent toujours de l'émotion ? »

Je suis d'accord, toute ma vie amoureuse est parfaitement résumée dans cette question. La journaliste poursuit en disant qu'on devrait davantage mettre en avant les bienfaits du sexe sur le plan physique ; elle encourage les femmes à ne plus culpabiliser sur leur besoin de sexe en dehors de toute relation établie. Elle pense que les femmes sont bridées par la culture misogyne. L'article est illustré par la photo d'un adonis torse nu, lisse, aux pecs en béton ; pour la première fois depuis longtemps, ma chatte réagit à l'idée de sexe.

Ça me manque.

Je peux me l'avouer maintenant.

J'ai besoin du lâcher prise qu'il apporte, cette euphorie qui s'empare de vous à l'approche de l'orgasme et puis ce saut final dans l'oubli. J'ai envie de sentir le corps d'un homme sur moi, des mains fermes qui me tiennent, un regard brûlant sur moi, cette expérience étourdissante.

J'en ai besoin mais je ne vois pas comment ça pourrait arriver avec toutes ces expériences passées qui m'ont détruite moralement.

Je suis une fille bien, une fille respectable qui prend des décisions raisonnables.

Je suis une femme d'affaires qui a réussi ; je me préoccupe de sujets bien plus importants que le sexe.

Je remets le magazine dans mon sac d'un geste qui révèle ma frustration. L'avion commence à bouger. Le sexe sans émotions, c'est comme les licornes : on aimerait toutes que ça existe mais ce n'est pas le cas !

Même quand on fait tout bien, ça finit mal. J'ai fait tout ce qu'on attendait de moi. Je suis sortie avec des hommes et j'ai pris mon mal en patience, je n'ai pas couché avant de tomber amoureuse. Je me suis engagée mais il se trouve que finalement c'est assez facile de détruire un engagement. J'ai été blessée par des gens en qui j'avais confiance et je ne veux plus souffrir, chat échaudé... si je peux me permettre le cliché.

Le vol passe très vite ; je me suis plongée dans le travail. Ma présentation de demain matin est fin prête. Les cadres de l'entreprise où je vais la présenter vont en prendre plein les yeux. Je suis sûre de moi : tout va bien se passer, c'est comme si c'était signé. Mon travail acharné va enfin porter ses fruits.

Je parcours mes mails, j'essaie de voir comment je peux m'avancer pour la semaine prochaine. Ce n'est pas souvent qu'on peut se concentrer sur son travail sans être constamment dérangé par le téléphone ou un visiteur – c'est un luxe que permet l'avion.

Pourtant, alors même que je me réjouis de mon travail, j'ai l'impression que mon cœur souffre de plus en plus.

Le travail vous distrait de vos tourments mais il ne comble jamais le vide.

Je me demande bien ce qui réussira à le combler ce vide, d'ailleurs.

Chapter 2

NICOLE

J'arrive à l'hôtel de chaîne qui se trouve juste à la sortie de l'autoroute ; le cadre n'est pas vraiment idyllique mais l'intérieur est plutôt sympa. La réceptionniste est rayonnante et chaleureuse comme le sont toujours les employés d'hôtels en Amérique :

— Puis-je vous aider ?

— Oui, j'ai une réservation au nom de Nicole Cristie.

Brandy s'affaire sur son clavier, pendant ce temps, je balaye du regard le hall de l'hôtel. Les arrangements floraux sont impressionnants, le comptoir en bois ciré sur lequel je m'appuie aussi. Je vois que le bar se trouve au fond du hall, le restaurant aussi. Comme je ne reste pas longtemps ici, je ne quitterai sûrement pas l'hôtel.

— Voilà, vous avez la chambre 265.

Elle passe une carte en plastique blanc dans sa machine, la glisse dans un étui cartonné au nom de l'hôtel et me la tend.

— Merci.

— Le petit déjeuner est servi à partir de 6h au

restaurant. Je vous suggère d'essayer les pancakes – ils en valent la peine.

Elle arbore un immense sourire si étincelant qu'elle pourrait jouer dans une publicité pour dentifrice.

— Je n'y manquerai pas, dis-je en empochant la carte.

— Voulez-vous que j'appelle quelqu'un pour vos bagages ?

Je fais signe que non. Je n'ai qu'une valise cabine et mon ordinateur.

— Vous êtes ici pour la conférence ?

Brandy me montre un panneau près de la réception qui récapitule les conférences et les numéros des salles pour les congressistes.

— Non, j'ai simplement une réunion demain, lui réponds-je.

Elle sourit à nouveau en touchant ses magnifiques cheveux lissés :

— Eh bien, bonne chance. Je vous souhaite un agréable séjour.

Je suis ses indications jusqu'à l'ascenseur et monte au deuxième étage ; ma chambre est juste assez éloignée des ascenseurs pour être au calme mais assez près pour que ça ne devienne pas une expédition.

Je ne m'attendais pas à une chambre aussi agréable ; le lit est immense avec des draps blancs impeccables. Elle est moderne avec une touche classique. Je sors mon tailleur de la valise, je le défroisse et le suspend dans la penderie. Je range ma trousse de toilette dans la salle de bains en marbre. Je sors mon ordinateur et mes dossiers de mon sac et les pose sur la table de nuit. J'ai l'intention de tout relire avant de m'endormir pour être tout à fait prête demain matin.

Mon téléphone n'arrête pas de vibrer depuis qu'on a atterri mais je ne l'ai pas regardé. Depuis les horribles messages que Jonathan m'a envoyés après notre rupture, je ressens toujours une certaine nervosité au moment d'ouvrir les mails et les messages.

Je dois prendre le taureau par les cornes, je n'ai pas le choix, il faut que je les ouvre au cas où ça concernerait le travail.

En fait, c'est un mail de ma cousine Jessie.

Elle m'envoie des photos de son dernier voyage. Depuis son mariage avec Ryan, elle profite de la vie au maximum. Je sais que tout n'est pas rose : les problèmes de santé de son mari sont un sujet d'inquiétude constant, pourtant elle n'a jamais été aussi heureuse. Je souris en regardant un selfie de Jessie et Ryan plein de dents et de bonheur ; je devrais être folle de joie pour elle, mais une pointe de jalousie me trouble – à cet instant, je me déteste. Jessie a pas mal galéré. La mort soudaine de son mari l'a anéantie. Sa situation actuelle ne devrait pas me faire réagir de façon si moche mais je n'y peux rien.

L'amour a un côté sombre et un côté lumineux ; il peut faire ressortir le pire et le meilleur de chacun. J'exècre ce sentiment d'envie qui monte en moi parce qu'elle possède quelque chose que je désire plus que tout au monde.

J'éteins mon téléphone et le pose sur la table. Je

ne dois pas oublier que je suis ici pour affaires, pour vendre des logiciels, pas pour réfléchir aux mystères de l'amours et des relations humaines. Puis, je culpabilise. Je devrais l'appeler pour essayer de la voir puisque nous sommes sur le même continent. Je ne voudrais pas qu'elle découvre que je suis venue en Amérique et que je ne l'ai pas appelée. Je ne séjourne pas tout près de chez elle mais quand même.

Je compose son numéro, ça sonne à l'autre bout et j'espère presque qu'elle ne va pas répondre.

— Nicky, dit-elle tout essoufflée, comment vas-tu ?

— Ça va, Jessie. Je viens de recevoir ton message et je me suis dit que j'allais t'appeler. Je suis à Atlanta !

— Pas possible ! crie-t-elle, comment ça se fait ?

— Le train-train du boulot, dis-je, je ne fais que passer.

—T'es sûre ? Tu ne peux pas changer ton billet de retour et venir nous voir ? Ça nous ferait vraiment plaisir.

— Désolée, cette fois-ci je ne peux pas mais je reviendrai. Je dois revenir dans le Rhode Island très bientôt.

— Bon, je me débrouillerai pour te voir la prochaine fois alors. Tu peux m'envoyer les dates par mail pour que je m'organise ? Le planning de Ryan est complètement fou en ce moment et il faudra qu'il aille chercher Abbey.

— Il travaille toujours trop ?

— Il adore ça, je le sais ; il a créé son entreprise à partir de rien. C'est un peu son bébé mais j'aimerais qu'il en fasse un peu moins parfois. Il a pas mal voyagé ces temps-ci et il a beaucoup manqué à Abbey.

— Elle a tellement grandi, dis-je en me rappelant l'une des photos où ma mignonne petite cousine fait un grand sourire à l'appareil avec la bouche pleine de glaçage.

— Oui, c'est fou. Je te raconte pas, je n'ai jamais été aussi fatiguée mais je n'échangerais ça pour rien au monde.

— Tu devrais te faire aider, dis-je. Le mari de Jessie est un homme d'affaires qui a très bien réussi. Le genre de personne qui peut s'acheter des îles juste pour le plaisir.

— Je sais, Ryan me dit la même chose mais j'adore m'occuper d'elle. Ces années vont passer très vite et je ne veux pas en rater une miette.

— C'est chouette ! dis-je.

J'adore le fait que Jessie n'a pas du tout changé malgré la fortune de Ryan. Elle est toujours la même : une fille humble qui a toujours les pieds sur terre. J'aimerais qu'on puisse se voir davantage mais l'océan immense qui nous sépare est un obstacle incontestable.

— Tu m'enverras les dates hein ? dit-elle, je ne veux pas te rater la prochaine fois.

— Oui, bien sûr.

— Et toi, ça va ? Je veux dire ...depuis...

Elle ne prononce pas le nom de Jonathan mais j'ai très bien compris.

— Oui, oui. Ça va bien. C'est du passé maintenant.

C'est facile à dire mais en réalité, ce n'est pas si simple à vivre. On fait toujours comme ça non ? On fait semblant que tout va bien, on porte un masque mais à l'intérieur, les cicatrices n'ont pas disparu.

— Tant mieux. Tu sais que je suis toujours là pour toi, si tu as besoin de parler. Les problèmes de cœur, ça me connaît.

L'émotion m'étreint, j'ai la gorge serrée :

— Je sais, merci Jess. Je m'en souviendrai.

J'entends Abbey qui se met à pleurer et Jessie s'excuse de devoir raccrocher.

On se dit au revoir et je fais les cent pas dans la pièce – je me sens prisonnière entre ces quatre murs. Il est trop tôt pour dormir et si je m'assois, je sais que je vais être assaillie de pensées déprimantes.

Il faut que je sorte, j'ai envie d'être entourée de gens. J'ai besoin de distraction et j'ai besoin d'un verre aussi.

J'ai surtout besoin de chasser mes idées noires avant demain. Les réunions professionnelles ne laissent pas beaucoup de place aux émotions. Il faut que je sois au top demain matin avec un sourire aussi resplendissant que celui de Brandy la réceptionniste.

Le bar de l'hôtel me paraît la destination idéale.

Chapter 3

NICOLE

Il est 17 h à Atlanta, je suis assise dans le bar de l'hôtel à moitié vide à siroter mon gin tonic. J'étouffe un bâillement sans doute dû au décalage horaire ; je suis encore à l'heure de Londres. J'essaie de me détendre dans mon alcôve en face de l'entrée du bar et d'où je suis, je vois au loin le hall tout entier. Je prends un journal pour passer le temps mais rien ne capte mon attention.

Je suis fatiguée, assez pour dormir mais je sais bien que si me couche à cette heure-ci, je vais me réveiller au milieu de la nuit et là, je n'aurai que la télé et le minibar pour me tenir compagnie. Il me semble que c'est moins pathétique de boire dans un endroit public que de siroter des bouteilles miniatures toute seule dans ma chambre.

Il y a trois autres personnes dans le bar : le barman qui a souri un peu trop largement quand je me suis approchée pour commander mon verre et deux hommes peu ragoûtants avec leurs attachés-cases usés qui semblent engagés dans une conversation très sérieuse. Il n'y a pas grand monde à observer alors je me plonge dans mon téléphone. Je surfe sur le net deux minutes puis je lève la tête et jette un coup d'œil autour de moi, et je tombe sur les yeux les plus verts que j'aie jamais vus.

L'homme à qui ils appartiennent se dirige vers une table près de la mienne, il a un petit verre plein d'un liquide ambré à la main. Quand nos regards se croisent, il s'arrête un instant puis change de direction et se dirige vers moi. Ses yeux restent fixés sur les miens jusqu'au moment où il est devant moi, je me retrouve alors dans l'ombre impressionnante de sa silhouette élancée.

—Vous êtes seule ? me demande-t-il.

Seule. Ce mot résonne dans mon corps tout entier, de mes minuscules orteils à la pointe de mes longs cheveux bruns. Ça fait tellement longtemps que ça dure. Même quand j'étais avec Jonathan, j'avais l'impression qu'il ne me connaissait pas vraiment, qu'il y avait des parties de moi qu'il ne touchait pas, qu'il ne voyait pas. Evidemment je ne dis pas tout ça à l'inconnu :

— Oui.

Je réponds par un seul mot, le souffle plus court que je ne le voudrais Il faudrait que je parle, que je dise autre chose pour briser cette tension entre nous. Je sens son regard intense posé sur moi et pendant un instant je n'arrive plus à réfléchir.

Je voudrais dire quelque chose qui le fasse retourner à la table qu'il avait choisie au départ, mais quoi ? Qu'est-ce que je pourrais dire pour qu'il comprenne que je ne veux pas qu'il s'assoit à ma table ? Je ne suis pas d'humeur à faire la conversation.

Pour lui, en revanche, ça paraît clair : mes hésitations et le seul mot que j'ai prononcé sont une invitation à s'installer en face de moi et à poser son verre sur ma table. Un geste arrogant mais auquel je ne m'oppose pas immédiatement. Nous, les Britanniques, on ne nous apprend pas comment réagir dans une telle situation. La politesse avant tout. Bon, je me dis que si c'est un dingue, je peux toujours terminer mon verre et partir – pas de quoi fouetter un chat.

— Je déteste boire tout seul, dit-il sans sourire, ce qu'on attendrait d'un inconnu à ce moment-là. Un sourire qui voudrait dire : « Hé ! Je suis sympa, inoffensif, vous pouvez discuter avec moi sans inquiétude. » Au lieu de ça, il s'installe confortablement et je sens l'une de ses chevilles se frotter contre la mienne quand il étend ses jambes sous la table. Ma première réaction est de bouger mais son geste est tellement déterminé, son regard tellement brûlant d'intensité que l'idée de déplacer ma jambe me rend mal à l'aise. L'inconnu penche la tête sur le côté sans me lâcher de son regard vert intense.

J'ai été en couple pendant sept ans mais je n'ai jamais ressenti cette espèce d'attraction immédiate qui donne envie à une femme de se déshabiller sur le champ. En fait, je n'ai jamais compris comment on pouvait se passer de cette première phase qui dure un certain temps, où on fait connaissance, et qui permet à l'intimité de s'installer petit à petit. Je ne sais pas ce qui, chez lui, provoque cette chaleur qui envahit ma poitrine et remonte dans mon cou. Peut-être son air grave ou sa façon nonchalante de se déplacer. Peut-être parce qu'il est plein d'assurance et moi pas. En tout cas, sous son œil scrutateur, ma bouche devient toute sèche et mes cuisses se rapprochent l'une de l'autre par réflexe. Je pense qu'il s'en rend compte car ses yeux s'écarquillent légèrement.

Ses cheveux châtain clair sont souples, on dirait qu'une femme aux ongles laqués de rouge les a caressés et parfaitement mis en place. Il a un léger hâle qui met en valeur son nez droit et ses pommettes. Son costume gris acier épouse parfaitement ses larges épaules et ses biceps : c'est l'archétype de l'homme d'affaires sexy. Mon regard est attiré par sa bouche aux lèvres pleines qui ne quitte pas cet air sérieux.

Si on me demandait de décrire l'homme idéal, je répondrais brun aux yeux foncés avec un sourire chaleureux. Pourtant, c'est cet inconnu au regard félin et au magnétisme brut qui fait chavirer mon cœur, j'ai les mains moites.

— Vous êtes anglaise, affirme-t-il, je fais oui de la tête, encore incapable de construire une phrase cohérente.

— Vous êtes ici pour affaires ? Il porte le verre à ses lèvres, le vide à moitié ; ses lèvres, sa bouche, le mouvement de sa langue me rendent tout chose.

— Oui, réponds-je dans un murmure, le son de ma

voix me surprend mais je reprends, je suis là pour deux jours.

Il hoche la tête, se penche en avant, accentuant la pression de sa jambe sur la mienne.

— J'étais à la conférence, dit-il en me montrant vaguement l'endroit de l'hôtel où elle a lieu, vous n'êtes pas mariée ? demande-t-il en attrapant ma main gauche et en caressant l'annulaire avec son pouce.

J'ai un petit geste de recul, plus à cause de l'indiscrétion de la question que parce qu'il a décidé arbitrairement que c'était normal de me caresser après seulement quelques minutes de conversation.

Mais il ne me lâche pas la main, je ne la retire pas non plus.

— Non.

Il la regarde et continue à me caresser les doigts.

Putain mais qu'est-ce qui se passe ? Qui est cet homme ? Ou plutôt qu'est-ce qui m'arrive ?

Je ne me reconnais pas. Je n'aime pas parler aux gens que je ne connais pas ; qui plus est, je déteste qu'on prenne la liberté de me toucher. Pourtant, je n'ai pas envie de me soustraire à sa caresse délicate. L'inconnu me regarde de nouveau, je déglutis par réflexe. Est-ce qu'une proie ressent la même chose ? Est-ce qu'un lapin plonge son regard dans les beaux yeux menaçants du renard avec autre chose dans les yeux que l'aveu de sa défaite ? Mon cœur bat la chamade, ma respiration s'accélère. Je dois faire quelque chose pour faire baisser la tension entre nous. J'attrape mon verre et l'avale cul sec ; je le vois sourire.

— Vous buvez quoi ? demande-t-il en montrant le verre.

— Un gin tonic.

Il hoche de nouveau la tête et se lève pour aller au bar. Je m'affale sur ma chaise en essayant de reprendre mon souffle. Putain !

Qui qu'il soit, il est déterminé. On dirait qu'il est ici chez lui, que tout lui appartient, moi y compris. Je n'ai jamais rencontré un homme comme lui - un roi parmi les princes et la plèbe. Je ne comprends rien à ce qui est en train de se passer.

J'essuie mes mains moites sur ma jupe. Je remarque qu'il ne s'est pas retourné pour voir si je suis toujours là ; ça ne lui vient même pas à l'idée tellement il est sûr de lui. Merde. Si Maya était là, elle saurait exactement quoi faire avec ce type prétentieux. Elle est secrétaire à la City de Londres depuis assez longtemps pour être passée maîtresse dans l'art d'éconduire les hommes un peu trop pressants. D'un battement de cil ou d'un simple geste du poignet, elle lui aurait fait comprendre qu'il fallait qu'il dégage.

Je touche le doigt qu'il a caressé ; aucune bague pour dire que je suis prise, que je ne suis pas libre. La caresse de son doigt résonne encore entre mes jambes. Le barman prépare les boissons, j'entends les glaçons qui s'entrechoquent dans les verres. Je sais que je n'ai plus beaucoup de temps. Je peux me lever, sortir du bar et me retirer dans la solitude de ma chambre au décor impersonnel ou je peux décider de rester assise et de voir ce qui se passe. Je peux rester et attendre que cet homme, qui marche comme si le monde lui appartenait, se mette en quatre pour me séduire.

Le sexe est purement physique, c'est ce que disait l'article en tout cas. Est-ce que pour une fois je peux faire mienne cette affirmation ?

C'est ce qu'a fait Jessie. Elle m'a raconté son histoire à la Cendrillon : Ryan lui a offert 50 000 $ pour devenir sa compagne pendant un mois puis ils sont tombés amoureux. Un début de conte de fées atypique s'il en est.

Dans mon cas, c'est un peu différent quand même.

J'observe l'allure de l'homme le plus fascinant que j'aie jamais croisé et je me dis que je devrais peut-être oser. Je dois avouer que pour moi d'ordinaire le sexe et l'amour sont étroitement liés mais ça ne m'a pas trop réussi jusque-là, aucun moment de plaisir mémorable en tout cas. Il est peut-être temps de changer de méthode.

L'inconnu revient avec deux verres qu'il pose soigneusement sur la table. Il s'assoit en face de moi et appuie de nouveau sa jambe contre la mienne comme si c'était normal.

— Merci, dis-je en prenant une grande gorgée. J'apprécie la sensation de fraîcheur dans ma bouche et dans ma gorge. Je bois à nouveau, l'alcool tombe directement au creux de mon estomac vide et anxieux. La brûlure glacée me prend par surprise puis m'anesthésie. Pendant tout ce temps, il me regarde tel une hyène qui attendrait le bon moment pour se jeter sur sa proie.

— Vous buvez pour oublier ? demande-t-il d'une voix tranquille sans perdre son air grave. On dirait que je suis transparente pour lui, qu'il voit le vide immense dans ma poitrine et cette solitude qui suinte de chacun de mes pores.

Je me rends compte à quel point je suis incapable de cacher mes sentiments, c'est très troublant.

« Vous buvez pour oublier ? » demande-t-il d'une voix tranquille sans perdre son air grave. On dirait que je suis transparente pour lui, qu'il voit le vide immense dans ma poitrine et cette solitude qui suinte de chacun de mes pores.

Je me rends compte à quel point je suis incapable de cacher mes sentiments, c'est très troublant.

Ces quatre petits mots banals me mettent à nu.

Je hausse les épaules, je n'ai pas envie de répondre et de commencer à raconter ma vie.

— A votre santé alors ! dit l'inconnu en finissant son verre qu'il repousse pour attraper le second, à quoi allons-nous boire maintenant ?

Il déplace légèrement sa jambe sous la table, libérant ainsi la mienne. Je sens la fraîcheur sur la peau nue de ma cuisse et je suis parcourue de frissons. D'un revers de la main, il pousse le deuxième verre vers moi et tient le sien ; il attend ma réponse.

— A un moment mémorable, dis-je. Je regarde mon verre puis le vide d'un trait ; il hésite, son regard se fait plus sombre et il fait de même.

Je sais que je suis en train de jouer avec le feu mais les frissons qui montent le long de ma colonne jusqu'à mon crâne me désinhibent ; je le provoque, je le sais mais je n'ai aucun scrupule. Cette sensation glauque, comme de la réglisse sur ma langue, m'excite.

Il me séduit avec ses mots, sa présence, ses gestes ; moi, j'ai envie de savoir ce qu'il boit, de goûter ce qu'il goûte :

—Je prendrai comme vous.

Il acquiesce et se lève à nouveau. Il revient du bar avec deux verres d'alcool ambré. Je porte le verre à mon nez, hume les riches arômes du whisky dont je sais qu'il va tout brûler sur son passage dès que je vais le boire. Je veux sentir cette chaleur, j'espère qu'elle m'empêchera de penser à la sensation qui se développe dans mon bas-ventre à mesure que je le regarde. Je bois ; la brûlure m'arrache une exclamation, un large sourire éclaire son visage.

Ce sourire - le premier qui apparaît sur ses lèvres - est à couper le souffle :

— Je n'oublierai jamais le son que vous venez de faire.

Je me sens rougir, ses yeux pétillent comme si ma gêne le remplissait de joie. C'est peut-être autre chose que de la joie, peut-être l'excitation pleine de malice que donne le sentiment de domination.

Sous la table, ses pieds se positionnent entre les miens et les écartent à nouveau -doucement ; pendant ce temps, il soutient mon regard, les yeux rivés sur ma bouche quand mes lèvres s'entrouvrent en même temps que mes cuisses.

L'alcool fait son œuvre dans mon sang, je suis ivre,

pas suffisamment toutefois pour ne plus me contrôler, je sais exactement ce que je fais. Il ne m'a pas dit son nom mais je connaîtrai le goût de sa bouche si j'y glisse ma langue – rien que d'y penser, j'ai envie de gémir.

La solitude nous rend idiots, elle nous rappelle qu'on est en manque, que sans les autres, notre bonheur ne peut pas être complet.

Cet homme ne m'offre pas du bonheur, j'en suis bien consciente, mais il me donnera peut-être mieux. Il sera peut-être celui qui effacera la tache laissée par Jonathan. Peut-être me permettra-t-il de reprendre le contrôle de mes émotions, peut-être que j'y verrai plus clair sur mes sentiments, le sexe, l'amour et tout le reste.

Le bar se remplit petit à petit de gens qui viennent pour l'apéritif ou pour boire un verre après le travail. L'inconnu se penche vers moi :

— Voudriez-vous que je vous offre quelque chose de mémorable ? dit-il d'une voix basse et profonde.

Cette question a beau être anodine, elle est tellement pleine de sous-entendus que je sens mon clito réagir et ma chatte se contracter.

Il serait plus raisonnable de dire non.

Il serait plus raisonnable de retourner à ma chambre et de dormir pour être en forme pour la réunion de demain.

Hier encore, j'aurais été raisonnable mais aujourd'hui, je n'ai pas du tout envie de l'être.

Chapter 4

NICOLE

Je suis hébétée et je me sens étrangement audacieuse aussi ; je me rends compte que je n'ai pas
grand-chose à perdre et tout à gagner.

Le destin m'a placé à cet endroit avec un inconnu
sublime qui a déjà réussi à écarter mes jambes et à me
faire oublier mes soucis.

Qui suis-je pour râler ?

— Oui, dis-je dans un murmure qui se perd dans le
bruit ambiant. Oui, je veux qu'il m'offre un moment
inoubliable. Je le veux désespérément.

Je voudrais avoir l'air plus enthousiaste. Je voudrais
être plus sûre de moi, j'aimerais pouvoir affirmer mes
envies et mes besoins comme certaines femmes. Je
m'embarque dans cette nouvelle aventure d'un pas
hésitant. Peut-être vais-je finir par m'enhardir ? En
guise de réponse, il me lance un sourire sexy en
diable : il attrape mon bras et pose un doigt sur mon
poignet. A cet endroit, la peau est toute fine et sensible, le sang n'est pas loin. Il veut sûrement sentir l'af-
folement de mon pouls ; il prend peut-être son pied

en sentant mon cœur palpiter tel un cerf mis en joue par un chasseur.

Sa main parfaitement manucurée est grande et ferme. C'est un homme d'affaires mais il n'a pas été ramolli par le travail de bureau. A le voir, on imagine qu'il fait de la musculation, il a sûrement un entraîneur personnel. S'il aborde la muscu comme il aborde la séduction, il a sûrement des abdos en béton armé sous sa chemise. Son pouce se balade le long de ma veine d'un violet clair :

— C'est bien ! Maintenant, enlevez votre culotte.

Oh non ! C'est une blague ? Je suis interloquée, ça se voit et je me rends compte à ses yeux qui se plissent imperceptiblement que ça lui plaît beaucoup. Mon premier réflexe c'est de regarder les gens autour de nous, pas de refuser de faire ce qu'il me demande. Je n'ai jamais rien fait d'aussi tordu et pourtant je ne suis pas contre, j'hésite c'est tout.

— Ne réfléchissez pas, dit-il, si vous prenez le temps de réfléchir, vos peurs, vos complexes, vos histoires passées, tout va ressurgir et vous empêcher d'aller de l'avant.

Il a tout à fait raison. Puisque c'est ce qu'il veut, je m'exécute.

Il lâche ma main et sourit en me regardant descendre ma culotte à travers le tissu de ma jupe. D'un coup, son regard sombre est affamé : on dirait le loup lorgnant le petit chaperon rouge qu'il s'apprête à dévorer. Je me tortille comme je peux et le mouvement frotte ma chair déjà sensible. Je suis en train d'enlever ma culotte, en-train-d'enlever-ma-culotte, vraiment ! Mais à cet instant, je ne suis plus la Nicole qui est montée dans l'avion - je suis une nouvelle Nicole. Je suis une inconnue pour cet homme au regard félin qui m'hypnotise. Une inconnue qui fait sa mue en enlevant sa petite culotte.

Quand la dentelle atteint l'ourlet de ma jupe, je rapproche mes genoux et la fait glisser avec ma main jusqu'aux pieds puis je la récupère dans mon poing fermé. Elle est humide et laisse une trace fraîche le long de ma jambe comme la marque coupable de mon excitation. Coupable ou audacieuse, je ne sais plus très bien.

Je le regarde, il passe sa langue sur ses lèvres et mordille sa lèvre inférieure. J'imagine les caresses de sa langue sur ma peau, d'abord innocentes pile à l'endroit délicat où la clavicule rencontre le cou, juste sous l'oreille et peut-être à l'intérieur de mon poignet qu'il a déjà caressé avec son pouce puis moins innocentes : des coups de langues tentateurs autour de mes tétons et sur mon clito.

Il doit exceller à ce genre de choses -j'en suis convaincue, j'ai les joues en feu à cette idée.

Il pose les mains sur la table, paumes ouvertes et je lui remets le petit tas de dentelle en essayant de cacher ce geste au regard des gens qui nous entourent. Il le glisse dans la poche de sa veste :

— Pour ne pas vous oublier, dit-il en levant un sourcil ; je me rends compte alors que chaque étape est un défi avec cet homme, il me teste pour être sûr que je suis toujours d'accord pour partager cette aventure et que je suis prête à jouer avec ses règles à lui.

— Quel est votre numéro de chambre ? demande-t-il.

J'ai un instant d'hésitation. Jouer avec le feu dans un bar où je me sens en sécurité, d'accord mais continuer ce jeu dans l'intimité d'une chambre...Je le regarde dans les yeux, j'entends les battements sourds de mon cœur comme un tambour dans ma poitrine. J'hésite : accepter, refuser, je suis à nouveau partagée.

Puis, sur un coup de tête qui ne me ressemble pas, je fais glisser ma clé électronique sur la table. Il la prend comme s'il n'avait jamais douté que je la lui donnerais et se lève, attendant que je fasse de même. Je mets mon téléphone dans mon sac – je n'arrête pas de me dire mais non ! mais non ! t'es vraiment en train de faire ça ? Je suis prise de vertige, c'est mal, c'est bien, je ne sais plus. Je me glisse hors de la banquette, il doit m'aider à me lever parce que je vacille sur mes hauts talons. Il pense peut-être que je suis ivre ou il sait déjà que mes genoux se dérobent sous le coup du désir et de l'impatience. C'est sûrement un mélange des deux d'ailleurs.

Mon inconnu ne me prend pas la main comme le ferait un amant ; il préfère poser sa main ostensiblement dans le creux de mes reins pour sortir du bar et me conduire jusqu'à l'ascenseur. Il avait tout prévu, il savait que j'allais accepter. A peine nos regards se sont-ils croisés qu'il a su qu'il réussirait à me séduire. Son assurance m'excite.

Je sens la main de mon inconnu ferme et sexy à travers le coton de ma chemise, j'ai envie à la fois de m'y dérober et plus que tout de me coller contre lui. Je suis sonnée, lui a la situation en main : il appelle l'ascenseur, ne bouge pas sa main pendant l'attente, il me titille du bout des doigts et finit par caresser les rondeurs de mes fesses. Les ascenseurs sont tout au fond du hall, tous les gens qui entrent dans l'hôtel peuvent voir ce qu'il est en train de faire. Ses gestes sont lents, réguliers, la sensation est trop bonne, je n'ai pas envie de l'arrêter. Je regarde les chiffres des étages défiler en tremblant, je n'en peux plus d'attendre.

Les portes s'ouvrent.

Nous entrons dans l'ascenseur, j'ai besoin de prendre appui contre la paroi. Quand les portes se referment, il prend aussitôt mon visage dans sa main et caresse mes lèvres de son pouce jusqu'à ce qu'elles s'entrouvrent. Je ne peux m'empêcher de lécher sa peau, elle est délicieusement salée et son regard est déterminé. Il sourit et s'approche de moi, son autre main remonte lentement le long de ma cuisse, je ne peux retenir plus longtemps le gémissement qui montait en moi depuis le moment où il a écarté mes jambes dans le bar bondé. Le tissu de ma jupe fait des plis contre son bras et quand il empoigne mon cul et le malaxe, je mords son pouce. La douleur le fait sursauter mais il explose de rire, comme le grand méchant loup.

« Ouverture des portes. » annonce la voix dans l'ascenseur, l'inconnu s'éloigne de moi et me pousse dans le couloir. Le trajet jusqu'à ma chambre me parait plus long que tout à l'heure, il pose sa main sur ma nuque pour que j'aille au même rythme que lui. Il est grand, plus d'un mètre quatre-vingts et si large d'épaules que j'ai l'impression d'être une minuscule créature fragile à côté de lui.

Il ouvre la porte de ma chambre, entre et accroche la pancarte « Ne pas déranger » à la poignée, puis il ferme à clé. Le bruit du verrou fait battre mon cœur plus fort.

On y est.

Ma sécurité et mon bien être sont entre ses mains.

Est-ce qu'il va me faire du mal ? Il pourrait s'il le voulait mais les cloisons sont fines dans cet hôtel, j'entends la télé dans la chambre d'à côté. Si je criais, on m'entendrait.

Il se tourne vers moi et m'examine comme s'il était en train de décider exactement ce qu'il allait me faire. Puis il m'attrape brusquement et défait ma queue de cheval. Il libère ma lourde chevelure sombre qui tombe en cascade dans mon dos.

— Vous êtes superbe, dit-il en caressant mes cheveux lisses et brillants et en jouant avec une mèche entre ses doigts. Votre chevelure, votre peau, ces taches de rousseur...si innocentes.

Je fais un pas en arrière quand il caresse l'arête de mon nez avec son doigt mais il se rapproche et je sens le whisky dans son haleine et l'odeur d'un parfum de luxe sur sa peau tiède.

—Vous êtes innocente ? susurre-t-il directement au creux de mon oreille.

Je fais non de la tête, les yeux écarquillés ; j'essaie de savoir s'il est déçu ou pas, il n'a pas l'air. Il me pousse lentement contre le mur et se penche pour effleurer mes lèvres ; son geste est délicat comme un murmure. J'ai du mal à respirer, j'attends qu'il m'embrasse encore. Il ne le fait pas, j'ouvre les yeux, il est en train d'observer mon impatience.

— Pas innocente non, mais triste.

Cette phrase est incongrue au moment même où nous sommes tous les deux mus par nos désirs physiques plus que par nos sentiments. Mais ce n'est pas tout à fait vrai, pour moi en tout cas. Mon corps a envie de son corps mais mon esprit recherche aussi autre chose. Il a besoin de guérir de cette tristesse que l'inconnu a perçue et de se débarrasser de toutes ces émotions que j'ai enfouies au fond de moi et qui me rongent peu à peu. Emmener cet homme dans ma chambre c'est faire un grand bras d'honneur à Jonathan, à son emprise toxique et à la trahison qu'il a introduite dans ma vie.

Les mains de l'inconnu trouvent les boutons de ma chemise, il les déboutonne, écarte le tissu sur mes épaules, et d'un geste la fait glisser au sol. Je suis debout, les bras le long du corps, sa main caresse avec légèreté mon cou et ma clavicule. Ses doigts coquins suivent le bord de mon soutien-gorge en dentelle rose, son regard ne quitte pas le mien ; je suis sa prisonnière tandis qu'il prépare mon corps au grand frisson. Ses doigts se glissent sous la dentelle jusqu'à mon téton durci : il le pince, d'abord délicatement puis plus fort et m'arrache un cri.

— Regardez-moi ça, murmure-t-il en se penchant pour titiller mon téton dénudé du bout pointu de sa langue, vous êtes si pâle, si douce...si délicate.

L'humidité s'intensifie entre mes jambes, je m'agite ; sous ses caresses, mon corps se prépare à recevoir tout ce qui va suivre.

— Et votre téton, minuscule, tout rose et si ferme.

Il le prend entre ses dents et le mord si férocement que je ne peux m'empêcher de crier. Laissant là ma poitrine humide, sa bouche rejoint la mienne pour l'embrasser, elle se fait plus ferme maintenant, plus exigeante ; sa langue singeant ce que j'imagine son sexe fera plus tard. Sans le vouloir, je laisse échapper un gémissement, je sens son sourire contre ma bouche – comme si ma réaction lui était nécessaire comme preuve de son succès. Une de ses mains malaxe mon sein, l'autre me pousse contre le mur pour que je puisse sentir son érection flamboyante contre ma hanche.

— Vous ressemblez à une poupée, murmure-t-il contre ma joue, une poupée de porcelaine au teint parfait.

Ses mains se déplacent maintenant, elles descendent le long de mon corps nu et étreignent ma taille.

— Votre corps est parfait, susurre-t-il dans ma bouche.

Je meurs d'envie de le toucher. J'arrive juste à passer les mains dans son dos et à remonter sous sa veste mais il attrape mes coudes et repousse mes bras.

— Vous êtes parfaite, plus que parfaite…j'ai envie de marquer votre corps de mes dents, de vous baiser jusqu'au bout, jusqu'à l'oubli.

Il se recule à nouveau pour me regarder dans les yeux et se débrouille pour que je sois appuyée contre la console :

— J'ai envie de vous faire jouir si fort que vous oublierez qui vous êtes. Asseyez-vous, dit-il en me repoussant sur la console, il soulève mes pieds pour les poser au bord de la table.

Je regarde ses mains sur mes genoux, je me vois trembler mais il me semble que c'est le corps d'une autre. Je m'observe de l'extérieur : mon désir ardent et ce besoin désespéré d'être comblée à la fois physiquement et émotionnellement dissocie mon esprit et mon corps. D'une main délicate, il écarte mes jambes, et remonte la jupe sur mes cuisses : il n'y a plus d'obstacle entre ses yeux et ma chatte. J'essaye de serrer les jambes, je suis gênée d'être mise à nu ainsi mais il me tient fermement et les écarte encore plus largement ; je m'offre à lui, la partie la plus intime de mon corps est exposée au regard de cet inconnu.

— Si rose aussi, dit-il en se léchant la lèvre. J'ai du mal à tenir en place ; il déplace sa main et un de ses doigts descend le long de mon clito jusqu'au bord de mes lèvres, utilisant l'humidité de l'endroit comme lubrifiant. Son geste lent est comme une torture exquise, comme la caresse sensuelle d'une plume, je suis obligée de poser les mains derrière moi pour ne pas chavirer. Son doigt continue à explorer avec lenteur mais détermination ; mon entrejambe est de plus en plus trempée. J'ai peur mais je n'ai qu'un désir : je veux qu'il me prenne et qu'un flot de sensations me submerge jusqu'à l'oubli total.

Chacun de ses gestes fait de moi une autre femme.

Comme s'il lisait dans mes pensées, il s'enfonce en moi : d'abord un doigt, puis deux, puis trois ; il appuie sur le point sensible jusqu'à ce que mes muscles se referment sur ses doigts :

—Putain ! il m'arrache cette exclamation et mes genoux s'écartent encore plus. Je suis complètement offerte maintenant. Il appuie son pouce sur mon clito gonflé, un geste délicat qui m'amène au bord de cet orgasme que je désire de tout mon corps puis il retire sa main, me laissant à bout de souffle.

Quand j'ouvre les yeux, il est en train de lécher ses doigts luisants de mon humidité :

— Vous avez exactement le goût que j'imaginais. Redressez-vous maintenant.

Je me remets debout, mes jambes tremblent de désir. Je commence à défaire sa ceinture mais il se saisit de mes mains et les repousse :

— Déshabillez-vous, dit-il et il se recule pour m'observer ; il enlève sa veste, sa cravate et déboutonne sa chemise. Je passe les mains dans mon dos pour dégrafer mon soutien-gorge, je fais durer le plaisir en faisant glisser lentement les bretelles sur mes bras - je me délecte de son regard sombre fixé sur moi. Mes tétons sont si durs que, par contraste, mes petits seins paraissent bien ronds et pleins.

Il retire sa chemise et je suis émerveillée par son corps. Des épaules et un torse musclé, un ventre ferme et les lignes de ses abdos de chaque côté qui se rejoignent en un V dont la pointe se termine à son sexe qui est visiblement très dur maintenant. Je n'ai jamais vu un corps si parfait en vrai, seulement dans les magazines et sur les couvertures de mes romances érotiques préférées. Ma main n'a qu'une envie, le toucher, mais je ne le connais pas et de toute façon, on dirait bien qu'il a décidé de diriger les opérations. En un sens, ça me plaît d'être guidée parce que j'ai perdu toute confiance en moi depuis j'ai découvert ce qu'a fait Jonathan dans mon dos. Ce n'est pas facile d'avoir confiance en soi et de se trouver sexy quand on découvre que son petit ami est allé voir ailleurs pour assouvir ses besoins.

Je ne le satisfaisais pas ? Cette question me remplit de doutes.

— Votre jupe, dit l'inconnu en s'asseyant sur le bord du lit pour enlever ses chaussures, ses chaussettes et défaire sa ceinture. Je baisse la fermeture éclair de ma jupe puis la retient quelques secondes avant de la laisser tomber sur mes chevilles. L'enjamber demande du courage ; tout ce que je suis en train de faire demande du courage, moi qui croyais ne pas en posséder. J'ai l'impression de me débarrasser de mon ancien moi et du même coup de mes inhibitions et des freins que je m'imposais.

Me voici nue devant lui, je ne me suis jamais sentie à la fois si vulnérable et si excitée de ma vie. Je ne sais rien de cet homme – à part ce qui est sous mes yeux, pourtant il contrôle mon corps et mon esprit, j'ai l'impression d'être un yoyo dans sa main. D'un geste, il peut me posséder. Il m'attrape par la hanche et m'attire vers lui jusqu'à ce qu'il puisse embrasser mon ventre. Sa langue lèche ma peau et laisse une trace chaude qui refroidit après son passage – une sensation à la fois délicieuse et exaspérante.

Je passe la main dans ses cheveux, j'ai besoin de le toucher pour me stabiliser ; je laisse échapper un gémissement quand il attrape mon cul. D'un mouvement rapide, il se lève, me bouscule pour que je m'affale sur le dos, sur le lit. Il saisit mes chevilles et les écarte pour se glisser entre mes jambes. Il est à genoux, les yeux rivés sur moi ; je suis couchée devant lui, offerte et prête à l'accueillir. Il penche la tête et embrasse l'intérieur de mes cuisses.

Je sens son souffle chaud se rapprocher de l'endroit où je veux qu'il soit, sa barbe de trois jours effleure ma jambe et me fait frissonner. Quand il atteint finalement ma chatte, il embrasse délicatement mon clito et prend une profonde inspiration :

— J'adore votre odeur, soupire-t-il contre mon corps et mes hanches se cabrent pour atteindre sa bouche. Il se recule un peu et avec ses doigts, il écarte délicatement mes lèvres. Les secondes s'écoulent, il ne bouge plus mais regarde mon clito gonfler, chercher sa langue, le contact de ses doigts, tout ce qui pourrait le libérer.

— Je vois que votre désir est immense, dit-il en caressant mes lèvres pour couvrir ses doigts du miel de mon excitation, je me rends compte que l'idée de baiser un inconnu vous excite au plus haut point.

Nos regards se croisent, chargés d'électricité.

— Vous ne m'avez même pas demandé comment je m'appelle. Vous avez envie que ça reste anonyme pour donner tout ce que vous avez et tout oublier demain. Vous voulez que je vous domine, c'est ça, comme ça vous ne vous sentirez pas coupable d'avoir écarté les jambes pour un homme que vous ne reconnaitrez peut-être pas dans la rue la semaine prochaine.

— Non, ce n'est pas vrai.

J'ai honte parce que ce qu'il vient de dire est la stricte vérité. J'essaie de rapprocher mes jambes mais il les garde écartées d'une poigne ferme. Il a raison, il me domine et je suis beaucoup plus excitée que je ne devrais l'être.

— Je sais que j'ai raison, dit-il en glissant un doigt dans l'ouverture de mes lèvres. Ma chatte palpite autour de son doigt comme pour l'attirer encore plus loin, il sourit :

— Votre chatte est d'accord avec moi.

Il introduit un autre doigt sur deux centimètres, puis les tournent et appuie vers le haut. C'est si bon que mon clito brûle de jalousie dans la fraîcheur de l'air conditionné, il a envie d'être stimulé aussi. J'avance ma main pour me toucher et calmer sa tension mais l'inconnu la repousse.

— Vous voulez que je dirige tout, dit-il avec un sourire carnassier, vous voulez que je décide quand vous pourrez jouir. Vous voulez que je vous fasse jouir.

Il attrape sa cravate, saisit ma main et l'attache à ma cheville. D'abord, je me débats puis il se penche pour sucer délicatement mon clito et là, je cède, j'accepte les liens ; j'ai envie qu'il me possède comme jamais personne ne m'a possédée, pour éliminer le sentiment d'échec que j'ai en moi depuis que Jonathan m'a trompée. Ses yeux brillent d'un éclat sombre quand il attrape sa ceinture pour m'attacher l'autre main à la cheville puis il s'assoit pour me regarder ligotée pour son plaisir.

Son plaisir et le mien.

Je ne peux plus lui échapper maintenant. Je suis tout entière à la merci de mon inconnu.

D'ailleurs, je ne veux pas m'échapper. Je suis exactement à ma place... pour ce soir au moins.

Chapter 5

AARON

Je me glisse hors du lit, je prends mon temps pour m'installer derrière cette fille splendide aux tristes yeux de biche qui m'a regardé dans le bar de l'hôtel. Ses yeux écarquillés me suivent, elle est obligée de tendre le cou pour ne pas me perdre de vue.

Putain qu'elle est belle ! Ma queue est si dure qu'elle pourrait tailler du diamant, la pression dans mes couilles me poussent à aller jusqu'au bout mais je n'en fais rien. Je n'ai pas envie de me précipiter, ça enlèverait tout le plaisir. Quand on vous présente un plat de grand chef, vous ne vous jetez pas dessus comme un affamé. Vous le dégustez lentement, tous vos sens en éveil. Avec cette fille, c'est pareil. Rien qu'en regardant son corps alangui sur le lit, je sais qu'elle est jeune : son corps est ferme et lisse. Elle doit avoir dix ans de moins que moins, c'est parfait. Je ne fantasme pas sur les filles beaucoup plus jeunes que moi mais celle-là me convient bien.

La conférence tout à l'heure était ennuyeuse au possible mais je ne pouvais pas y échapper – il fallait qu'on m'y voit et que je travaille mon réseau. Même dans ma position, on ne peut couper à certaines obligations pas forcément agréables. Cette rencontre avec ma belle inconnue compense tout ce temps perdu. Finalement, ça valait la peine de supporter l'ennui de cette journée.

Elle est britannique, son accent me fait l'effet d'un coup de langue sur la queue. Elle est élégante et réservé ; je me réjouis à l'idée de faire craquer tout ça.

Mon regard nonchalant fait le tour de la pièce, je fais durer le plaisir. J'ai du mal à imaginer ce qu'elle ressent vraiment en ce moment, mais le battement sur la veine de son cou me confirme bien que son cœur s'emballe.

A cause de la nervosité ou de l'impatience, de la peur ou du désir ? Peut-être tout simplement le mélange grisant de toutes ces émotions. Elle n'a rien à craindre de moi, ou peut-être que si, qui sait ? Peut-être le sexe est-il pour elle une façon de trouver l'amour. Comme la plupart des femmes...encore une qui va être déçue.

L'amour ne fait pas partie de mes préoccupations.

Baiser oui, constamment.

Mon regard s'attarde sur le tas de documents posés sur la table de nuit : un détail attire mon attention. Le nom de l'entreprise m'est familier. Elle les a posés là comme lecture de chevet – intéressant. On dirait bien que ma conquête du jour est une fille bosseuse et consciencieuse. A côté se trouve son passeport que je m'empresse d'ouvrir. La photo est charmante ; elle date de l'émission du passeport il y a quatre ans. Je vérifie sa date de naissance : nous avons neuf ans de différence, il me semble pourtant que l'écart est plus grand.

— Nicole, lis-je à voix haute, elle fait signe que oui, les yeux écarquillés. Elle a l'air si ingénue. Un prénom charmant pour une fille qui ne l'est pas moins.

Ses jambes se mettent à trembler d'impatience, ses doigts blanchissent à force de serrer ses chevilles. Je vois que la petite Nicole commence à s'énerver mais moi, je ne suis pas du tout pressé.

Quand nos regards se croisent, je lui lance un petit sourire satisfait ; je me penche pour pincer l'un de ses tétons puis mon doigt remonte de sa poitrine jusqu'à son cou tendu. Je le glisse dans sa bouche :

— Vous êtes magnifique, putain, dis-je en jouant avec mon doigt qu'elle suce comme une sucette. Je sais à quoi elle pense, parce que, moi aussi, je ne pense qu'à ça.

Je refais le tour du lit et m'arrête près de ses pieds :

— Ecartez plus vos jambes, dis-je d'un ton ferme en regardant de nouveau sa chatte et Nicole s'offre à moi, ses lèvres s'ouvrent comme un joli bouton de rose au soleil. Oui, comme ça. Offrez-vous à moi. Je veux tout voir. Je veux voir où je vais m'enfoncer.

Je baisse mon visage pour la respirer de nouveau ; ma bouche joue avec ses lèvres, puis ma langue se glisse dans sa fente – je la vois se tordre de plaisir. Je l'explore. Je donne des coups de langue fermes sur son clito puis je le lèche en tournant ; elle tremble bientôt et je la sens à ma merci. Elle tire sur ses liens.

— Je sais à quel point vous avez envie de jouir.

Bon dieu, je bande rien qu'en lui parlant cru. Pour les hommes, le sexe c'est essentiellement physique mais j'ai découvert que les femmes ont besoin d'autre chose que l'acte en lui-même. Si vous voulez les faire jouir, il faut s'occuper de leur esprit autant que de leur corps. Leur murmurer des mots doux comme du miel, les caresser à des endroits que ni un doigt, ni une queue ne peuvent atteindre.

Je parie qu'elle se sent sale parce que mes paroles l'excitent mais je sais aussi qu'elle ne peut rien faire contre mes mots qui s'insinuent dans son esprit et la lèchent partout où ils passent. On ne choisit pas ce qui nous excite.

J'ai envie de faire des choses à cette fille, des choses nouvelles, des choses choquantes, des choses que je n'aie jamais faites à personne. Plus je lis de l'impatience dans son regard, plus j'ai des pensées salaces.

Pourquoi l'innocence réveille-t-elle immédiatement en nous l'envie de pervertir ?

Elle n'est pas vierge, j'en suis sûr. Je connais suffisamment les femmes pour pouvoir l'affirmer ; pourtant, je n'ai pas l'impression qu'elle s'adonne souvent à ce genre d'exercice. Quand elle est sortie du bar pleine d'hésitations, j'ai compris qu'elle sortait aussi de sa zone de confort.

Du coup, je veux faire en sorte que ce moment soit

mémorable pour elle. Pas en termes de sentiments. On est bien d'accord, c'est du sexe, je ne lui fais pas l'amour. J'ai envie de la pousser aussi loin que possible, qu'elle repousse ses limites. Je veux la provoquer.

Que pourrais-je faire pour qu'elle n'oublie jamais ce qui se passe entre nous ce soir ? Je regarde autour de moi, des milliers d'idées obscènes traversent mon esprit puis mon regard se pose sur le minibar et d'un coup, je sais exactement ce que je vais faire.

La petite Nicole ne sera pas sortie de sa zone de confort pour rien. Je vais lui offrir ce qu'elle attend.

Un orgasme qu'elle n'oubliera jamais.

Chapter 6

NICOLE

Il s'éloigne à nouveau, ouvre le minibar et en sort une mignonette de whisky ; il revient vers moi et l'ouvre :

— Qu'allez-vous faire ? demandé-je, je me souviens encore de la brûlure du whisky dans ma gorge. Il boit une gorgée, se penche au-dessus de moi pour m'embrasser, du whisky coule dans ma bouche. C'est puissant et je sens la chaleur du liquide sur mes lèvres, dans ma bouche et jusque dans ma gorge. Il me regarde l'avaler puis prend une autre gorgée et se penche entre mes jambes. La lueur dans son regard m'effraie, je fais non de la tête.

— Faites-moi confiance, dit-il, vous allez aimer ça. Du chaud et du froid, le mélange parfait.

Je me tortille pour échapper à sa langue imbibée de whisky mais il tient mes genoux d'une main ferme et la frotte contre sur mon clito. Je sens d'abord la fraîcheur de l'alcool puis, quand il lèche plus fort, le feu du whisky qui brûle mon clito.

— Oh mon dieu ! m'écrié-je dans un gémissement

pendant qu'il me lèche de plus en plus fort. Oh non ! C'est trop bon mais j'ai honte. Je soulève mes hanches, je veux que sa bouche me prenne encore plus fort mais ce n'est pas encore assez. Puis ses doigts se glissent en moi, massent mon point G et je jouis comme si j'étais possédée, je tremble de plaisir contre sa bouche, mon corps palpite sous ses doigts ; je gémis si fort que je ne reconnais même pas le son de ma voix.

— C'est ça, dit-il en se reculant pour regarder ma chatte vibrer. Il écarte mes lèvres pour exposer mon clito déjà gonflé. Ce geste suffit à me mettre à nouveau au bord de l'orgasme.

— Bordel, t'es trop excitante !

— Oh mon dieu ! C'est tout ce que j'arrive à sortir quand je le vois se débarrasser de son pantalon et de son caleçon et prendre son sexe dans sa main. Il est énorme et dur, il le caresse lentement comme s'il essayait de calmer une créature dangereuse hors de contrôle.

— Je n'en ai pas encore fini avec toi. Il se met à défaire mes liens, je peux étirer mes bras et mes jambes ; je me détends enfin et respire profondément, la chaleur de l'orgasme se diffuse doucement dans mon corps. Et puis, il me retourne.

— Donne-moi tes mains, m'ordonne-t-il. Je fais ce qu'il me demande, je les tends devant moi. Il m'a libérée une fois, je suis persuadée qu'il le refera. Tout ça fait partie de son jeu pervers et j'ai envie de jouer, malgré les risques.

Quand mes mains sont attachées, il attrape un

oreiller et le place sous mon bassin : mon cul est surélevé, offert. Mon visage est pressé contre les draps, mon clito gonflé est en l'air, offert lui aussi à son regard. Je ne vois pas l'inconnu mais je l'entends déchirer l'emballage d'un préservatif et le dérouler sur son sexe. Je m'attends à ce qu'il me baise directement ; il y a une espèce de frénésie dans son regard, je me rends compte de l'effort immense qu'il doit faire pour se contrôler. Contre toute attente, il ouvre à nouveau le minibar. Oh non ! qu'est-ce qui va se passer maintenant ? Quand il revient, il fait glisser une bouteille le long de ma colonne vertébrale, je frissonne si violemment que tout me corps est pris de tremblements.

L'inconnu appuie sur le creux de mes reins pour m'obliger à me cambrer. J'entends le bruit du bouchon qu'il dévisse puis je sens le liquide glacé couler sur ma peau. Je me force à ne pas bouger alors que mon corps tout entier a envie de hurler de plaisir.

Sa langue remonte de mes hanches à la petite flaque de whisky dans la cambrure de mon dos et il boit à même mon corps comme si j'étais un verre à sa disposition. Il balade la bouteille froide sur mes hanches, je sens la chair de poule sur mon corps. Je laisse échapper une énorme bouffée d'air, je ne m'étais pas rendue compte que j'avais retenu mon souffle, puis la bouteille reprend son chemin et se glisse entre mes fesses - là, je ne peux plus me retenir : mes hanches se cabrent et mon inconnu fait entendre sa désapprobation.

— Du calme, Nicole, dit-il d'un ton bourru, ou je ne te donnerai pas ce que tu veux.

Comment peut-il savoir ce que je veux quand je ne le sais pas moi-même.

Est-ce qu'il pense à son sexe ? Evidemment, j'ai envie de ça, ça se voit : ma chatte est offerte et n'attend que sa queue pour la combler.

Mais ce n'est pas à ça qu'il pense. La sensation de froid sur cette partie de moi que personne n'a jamais touchée, entre ma vulve et mon anus, c'est trop, je ne sais même pas si j'aime ça ou pas. Puis, je sens la chaleur de son souffle et sa langue qui fait des cercles...oh...ce mouvement est obscène, immoral mais si bon !

Je voudrais que mes mains soient détachées pour pouvoir me caresser le clito et jouir en un éclair.

D'un coup, je me demande ce qu'il a l'intention de faire.

Sa queue est trop grosse pour me pénétrer à cet endroit. Je ne suis pas prête pour ce genre de choses mais il m'a attachée et placée dans la position idéale. Il pourrait commencer avec la langue, puis écarter l'ouverture avec les doigts. Il pourrait enfoncer la bouteille puis sa queue. Rien que d'y penser, je laisse échapper un gémissement parce que, malgré ma peur, tout ce que fait cet homme est trop torride pour moi, je ne gère plus rien.

— Tu aimes ça ? demande-t-il.

Je réponds quoi, putain ! Si je dis oui, il va croire

qu'il peut aller plus loin, me pousser à faire des choses qui me mettent mal à l'aise. Mais c'était prévu non ?

Il me lèche à nouveau et enfonce son pouce dans ma chatte, il s'occupe de mon point-G. J'ai l'impression d'être un objet entre ses mains, un objet qu'il maîtrise parfaitement du premier coup. Cet homme est un génie. Je grogne comme un animal, il me fait presque jouir encore, sans forcer.

Je ne sais pas si c'est le grognement que j'émets ou le fait qu'il en a marre de différer son plaisir, en tout cas, quelque chose se passe. Il se met à genoux entre mes jambes, je me fige dans l'attente de ce qui va se produire. Il appuie sa queue sur la fente de ma chatte ; la sensation est fantastique mais j'en veux plus. Je veux qu'il me baise, qu'il m'ouvre et me prenne aussi fort qu'il me l'a promis ; il va trop lentement. Je donne un coup de hanches mais il se retire aussitôt :

— Sois patiente, chérie, c'est vraiment mieux quand on prend le temps.

D'un grognement j'exprime mon désaccord mais j'immobilise mes hanches quand même. Lorsqu'il s'approche à nouveau, je reste aussi calme que possible, je lui laisse faire le boulot tranquillement. D'abord, il appuie son gland qui m'ouvre comme l'aurait fait un poing puis centimètre après centimètre, sa queue avance, la sensation de brûlure s'étend en même temps qu'il agrandit mon ouverture. Lorsque ses hanches sont contre mon cul et que mes lèvres sont pressées autour de sa queue, je laisse échapper un nouveau gémissement.

On ressent plus de plaisir quand la pénétration est lente que lorsque tout est brutal. L'homme près de moi est très délicat et je commence à comprendre des tas de choses.

Ses doigts s'enfoncent dans mon corps quand il commence à bouger.

— Putain, t'es trop bonne ! grogne-t-il, regarde ta petite chatte toute mignonne lovée autour de ma queue. Bordel, elle est trempée et si sexy. Ta chatte mouille pour ma queue, c'est ça ?

Il saisit ma fesse et la malaxe fort :

— Tu es si jolie, une vraie poupée de porcelaine mais au fond de toi, tu es une vraie salope. Tu adore te faire mettre par un inconnu, hein, dis-moi ?

J'acquiesce dans un gémissement, mes hanches se mettent au diapason de ses coups de boutoir ; j'ai toujours les mains attachées devant moi dans une position inconfortable. Il attrape mes hanches pour m'empêcher de bouger et percute ma chatte de plus en plus violemment ; je n'en peux plus, mon clito est prêt à exploser :

— Je veux jouir encore, dis-je d'une voix rauque, fais-moi jouir encore !

— Tu as été bien sage », grogne-t-il, il continue à me pilonner sans répit et frotte le point juste au-dessus de mon clito.

— Oui...oh oui...comme ça, dis-je dans un gémisse-ment, comme ça, oui, ne t'arrête pas !

Le mouvement de ses hanches s'accélère, il s'en-fonce de plus en plus ; sous la pression, mon corps se soulève, mes orteils s'enfoncent dans le lit pour m'empêcher de tomber.

— Vas-y chérie. Lâche-toi. Je veux sentir ta chatte se cramponner à ma queue. Je veux que tu mouilles pour moi.

— Oh mon dieu !

Il est au-dessus de moi maintenant, il me presse contre le lit, sa main agrippe ma nuque et la malaxe tandis qu'il baise ma chatte jusqu'au bout.

— Tu vas avoir des courbatures demain ! Tu vas aller à ton rendez-vous professionnel super important, et quand tu vas t'asseoir, tu vas faire une grimace et penser à moi. Oh, chérie, tu es magnifique. Vas-y, donne-moi tout.

Il appuie fort sur le haut de mon clito, ça devrait faire mal, au contraire c'est génial. Oooh même plus que ça ! Je jouis, je vois des milliers d'étoiles, je gémis comme une bête, je sens sa queue palpiter et son corps se convulser quand il atteint l'orgasme.

Son poids m'écrase contre le lit mais de toute façon, je ne peux pas bouger. Mon corps est essoré de plaisir, j'ai mal partout et ma chatte est tellement endolorie que quand il se retire, la douleur me paralyse. Même quand il est sorti, je le sens encore à l'intérieur de moi. Je l'entends se débarrasser du préservatif, il l'enveloppe dans un mouchoir en papier puis il détache mes poignets et me retourne.

La sueur refroidit sur mon front et derrière mes cuisses, à l 'endroit où il a appuyé sa peau contre la mienne. Lui aussi est trempé de sueur mais il est toujours aussi sublime, comme si on l'avait enduit d'huile pour une publicité de parfum de luxe. Il caresse mon front et mes joues délicatement ; j'ai du mal à reconnaître l'homme qui vient de me prendre. Son regard aussi s'adoucit quand il rejette mes cheveux en arrière et pose la main sur un de mes seins de façon possessive.

— Ça va ? me demande-t-il, je fais signe que oui et esquisse un sourire.

— J'ai réussi ?

Je dois avoir l'air ahuri car il sourit et répète :

— J'ai réussi à vous offrir un souvenir mémorable ?

Je fais oui de nouveau, je suis encore à bout de souffle après tant d'efforts et de plaisir.

— On dirait que je vous ai pris tous les mots de la bouche, Nicole.

Il arbore un large sourire, je me retourne pour regarder le plafond. J'ai besoin de quelques instants à moi, loin de son regard inquisiteur qui voit trop de choses, plus que je ne veux partager en tout cas.

— J'avais besoin de cette expérience, dis-je.

J'ai envie de reprendre la main et d'expliquer pourquoi j'ai eu envie de coucher avec lui. Il a tout dirigé, il semblait vraiment prendre son pied dans ces moments de domination ultime. Sur le moment, c'était ok mais plus maintenant. Je veux qu'il comprenne que j'ai voulu ça depuis le début – tout ce qu'il m'a fait dans les moindres détails.

— Alors, je suis très content d'avoir été là au bon moment pour votre bon plaisir.

Il se penche vers moi et je le laisse m'embrasser langoureusement.

— Vous êtes une fille bien Nicole, hein, une fille bien qui aime jouer à la coquine.

Je souris à nouveau mais je ne dis pas que je suis d'accord. Rien n'est tout blanc ou tout noir dans la vie. Il est parfois difficile d'expliquer pourquoi on fait telle ou telle chose. Qu'il pense ce qu'il veut, fille bien ou coquine. Après tout, je ne le connais pas et je ne le verrai plus jamais après son départ du cocon hors du temps qu'est ma chambre d'hôtel.

Sa langue se faufile entre mes seins puis il écarte mes jambes pour goûter une dernière fois ma chatte. Je tressaille parce sa langue est râpeuse sur ma chair sensible.

— Ne bougez pas, dit-il en écartant à nouveau mes jambes, je veux regarder votre chatte en m'habillant.

Il s'habille, son regard ne quitte pas mon entre-jambe et je ne peux pas empêcher de ma chatte de se contracter comme pour enserrer sa queue. Mon corps a encore envie de lui mais en réalité, je n'en ai pas la force. De toute façon, il est déjà prêt, je n'ai même pas eu le temps de suggérer quoi que ce soit. On dirait bien qu'il va quitter la chambre en me laissant sur ma faim.

Juste avant de partir, il passe sa main entre mes cuisses et enfonce légèrement un doigt en moi. C'est si gonflé que ce doigt me paraît aussi gros qu'un sexe.

— Je n'oublierai pas ce moment, dit-il.

Je laisse échapper un soupir. Il retire son doigt et le porte à sa bouche, savourant une dernière fois mon désir avant de franchir la porte.

— Vous, vous oublierez sûrement, dis-je tranquillement, moi jamais. Je ne le raconterai jamais à personne mais vous resterez mon petit secret honteux.

Il se retourne, me lance un regard si noir qu'il pourrait me foudroyer ou me pulvériser sur place. Je me dis qu'il va revenir, au moins pour avoir le dernier mot - j'ai bien compris qu'il aime avoir le dessus - mais non, il part.

Sans dire au revoir.

Il ferme la porte sans bruit. Je me lève, attrape une autre mini bouteille de whisky dans le bar ; je prends mon temps pour en apprécier les arômes. Chaque fois que je boirai du whisky, je repenserai à lui. Je me couche nue, j'apprécie la douceur des draps sur mes tétons encore sensibles et je me rappelle sa langue, sa bouche et sa queue sur mon corps.

Je reprends le contrôle d'une partie de moi que Jonathan m'avait volée.

Chapter 7

NICOLE

Le lendemain matin, je me réveille, le corps endolori, surtout les hanches et les épaules – souvenir délicieux de la rencontre avec mon inconnu. Je reste allongée un petit moment dans mon lit défait à me rappeler son visage. Son regard qui se faisait tour à tour doux, intense, concentré ou dominateur, ses mains - immenses et fermes mais douces sur ma peau, et ses doigts qui créaient de merveilleuses sensations partout où ils passaient.

Son corps aussi.

Mon dieu, son corps, tout un poème. Mes trois ex ressemblaient à des gamins en comparaison. L'inconnu était mince mais musclé : des biceps impressionnants, un torse massif, et un ventre dur sur lequel des générations de lavandières auraient pu battre leur linge. J'aurais aimé qu'il me laisse le toucher, j'aurais voulu plus profiter de son corps. Pour la première fois de ma vie, j'ai eu envie de balader ma langue sur le corps d'un homme.

C'est étrange de penser à quelqu'un qu'on a connu intimement mais qu'on ne reverra plus. J'ai un peu de mal à gérer mes sentiments du coup. Notre rencontre a été torride et totalement inhabituelle pour moi ; il m'a attachée, m'a dominée, et m'a fait des choses d'une façon froide et clinique qui m'ont coupé le souffle, j'ai gémi, j'ai joui plus fort que je pensais pouvoir le supporter.

Oh, quand il a écarté mes jambes et entrouvert mes lèvres, qu'il a regardé ma chatte avec son regard de loup affamé, j'étais pétrifiée. Et tout ce qu'il a dit. Toutes ces phrases torrides qu'il a prononcées m'ont encore plus excitée.

Je pense à lui, je me remémore tout et ma chatte frissonne à nouveau ; il faut absolument que je me calme avant mon rendez-vous de ce matin. Avec toutes ces pensées érotiques dans la tête - inspirées par un homme dont je ne connais même pas le nom, je n'ai aucun mal à me faire jouir très vite et très fort. C'est enivrant mais je me sens vidée en même temps.

Une fois dans la salle de bains, j'examine mon corps avec ses yeux. Les os de mes hanches sont plus saillants que dans mon souvenir. J'ai passé tellement de jours à ne rien manger quand j'ai découvert que Jonathan m'avait trompée, ça vient sûrement de là. Soudain, ma maigreur me met en colère. Pourquoi me suis-je punie alors que c'est lui qui était fautif ? J'aurais dû m'occuper de moi, j'aurais dû me réconforter avec mes plats préférés et du bon vin. J'aurais dû passer du temps avec mes amis, au lieu de ça, je me suis barricadée chez moi et je me suis noyée dans le travail.

J'ai des traces autour de mes tétons là où mon inconnu les a mordillés et pincés, ils sont rose foncé grâce à ses bons soins. Je passe les mains dessus en me rappelant ce que j'ai ressenti quand il a pris mon sein dans sa main avant de partir. C'était un geste à la fois affectueux et possessif qui ne cadrait pas du tout avec ce qu'il avait fait avant.

La douche fait un bien fou à mes muscles endoloris, elle apaise mon corps douloureux. Ça me fait de la peine de faire disparaître toute trace de lui ; je regarde l'eau s'engouffrer en spirale dans la bonde en repensant à sa sueur qui avait refroidi sur ma peau. Je me sèche, je suis triste. Pas désespérée, juste triste. Il ne m'a pas laissée indifférente et m'a sortie de ma léthargie.

Une nuit.

Une nuit de liberté, loin des contraintes que je m'impose.

Il faudra que je m'en contente.

Je me mets sur mon trente et un : un tailleur jupe noir, ajusté, un chemisier rose et mes talons noirs les plus hauts. Il faut absolument que je fasse forte impression pour soutenir mon argumentaire. D'habitude, je porte de la lingerie sexy sous mon tailleur mais ce matin, j'ai choisi une culotte en coton qui sera plus douce pour mes parties intimes encore un peu douloureuses. Je me maquille avec soin et mets quelques bijoux discrets ; je me demande à quoi ressemblent leurs bureaux. Le groupe pharmaceutique Aaron Harrington Pharmaceuticals est une entreprise multinationale mais son siège social est ici à Atlanta. J'imagine un endroit aseptisé, des hôtesses d'accueil très professionnelles et des ascenseurs vitrés.

Je prends un petit-déjeuner léger au restaurant de l'hôtel, léger, enfin : des pancakes et des fruits. Qui peut résister à l'appel des vrais pancakes américains (au babeurre), surtout avec un estomac qui crie famine ? En sortant, je passe devant le bar et j'ai un pincement au cœur au souvenir de ce qui s'est passé là, il y a à peine quelques heures. Je prends un taxi pour rejoindre les bureaux de mon client ; mon ordinateur est dans ma serviette, je suis très professionnelle et fin prête pour vendre mon produit.

J'avais raison, le décor est moderne et minimaliste. Les portes tambour de l'immense immeuble de verre s'ouvrent sur un immense hall qui résonne ; il est meublé de grappes de chaises Barcelona, de tables en verre au design élégant et d'un ensemble éclectique de plantes en pots et de statues. Des employés à l'allure professionnelle et efficace entrent et sortent. La personne à l'accueil est polie et particulièrement soignée, elle me rappelle l'un des hôtesses qui s'est occupée de moi sur le vol de Londres. On m'accompagne jusqu'à une salle de réunion où je dois rencontrer Holden Davis, mon contact de longue date dans l'entreprise ; je ne l'ai pas encore jamais rencontré mais nous sommes vus en visio-conférence très régulièrement.

J'attends pendant un quart d'heure dans la pièce austère ; je commence à m'inquiéter de son retard. Je relis mes documents quand on tape à la porte un peu sèchement. Je me lève et me prépare à serrer la main d'Holden mais ce n'est pas lui qui entre dans la pièce, un sourire malicieux aux lèvres :

— Nicole, dit une voix grave que je connais bien et qui me donne des frissons dans le creux de la nuque, je suis Aaron Harrington, PDG de Aaron Harrington Pharmaceuticals. Je suis ravi de pouvoir enfin mettre un visage sur un nom.

Il arbore un large sourire, je suis morte de honte :

— Asseyez-vous, je vous en prie. Que puis-je vous offrir ?

Je me laisse tomber sur la chaise, paralysée par l'horreur de la situation ; j'ai oublié que mon en-trejambe est toujours fragile, je ne peux retenir un gémissement quand mes fesses entrent en contact avec la surface dure. Aaron se met à rire :

— Un petit gin tonic ou préférez-vous un whisky ?

Je suis abasourdie, je reste bouche bée, incapable de prononcer un mot. Aaron. Mon inconnu s'appelle Aaron.

Ah non, j'oubliais...ce n'est plus un inconnu, c'est le PDG de cette entreprise. J'ai fait des milliers de kilo-mètres en avion pour faire bonne impression à cette entreprise et lui, c'est le PDG !

Comment vais-je réussir à impressionner un type qui m'a léchée entre les jambes ? Comment vais-je pouvoir montrer mon professionnalisme à un homme à qui j'étais soumise quelques heures plus tôt et lui inspirer confiance ? Punaise. Je n'avais pas vu ça comme ça : rien ne se passe comme prévu. La seule fois de ma vie où je me lâche sans penser au lendemain, c'est pile le jour où j'aurais dû rester fidèle à mes principes.

J'ai tout gâché. Il va falloir que j'arrive à expliquer comment j'ai fait foirer ce contrat alors que ce voyage était une pure formalité, juste pour finaliser l'accord ? Mon patron va être furieux. Notre bonus annuel repose sur cette vente.

J'expire bruyamment tout l'air que j'avais emmagasiné. Aaron glisse les mains dans les poches de son costume bien coupé qui coûte sûrement une année de mon salaire.

— Ne vous inquiétez pas, dit-il, mais la lueur perverse dans son regard et le léger sourire sur ses lèvres me disent tout le contraire. Son expression me laisse entendre qu'il a des projets pour moi qui n'ont rien à voir avec cette réunion ou le logiciel que je vends.

Je me rends compte que je suis complétement dépassée par les événements.

Chapter 8

AARON

Ce n'est pas en jouant franc jeu que j'ai réussi dans la vie. Ni que j'ai appris les choses les plus importantes.

Ne faire confiance à personne. Ça, c'est la règle numéro un.

Garder la main et le contrôle de la situation en toute circonstance.

En savoir plus sur vos adversaires qu'eux n'en savent sur vous.

Ne rien partager qu'on pourrait utiliser contre vous.

Quant au sexe, ne jamais dire son nom et s'en tenir aux coups d'un soir.

Je joue, c'est comme ça que je gagne. C'est comme ça que je prospère et que je suis toujours au top sur le plan professionnel. C'est comme ça que je tiens les femmes à distance sur le plan personnel – c'est ce qu'il faut faire avec les femmes en général, surtout dans ma position. Plus on a à perdre, plus chaque situation devient un risque.

J'ai appris ça sur le tard mais je ne l'ai jamais oublié.

Nicole est devant moi, bouche bée, je n'ai qu'une envie : faire bon usage de cette bouche délicate.

Ma queue tressaille, je me sens sûr de moi. J'ai eu beaucoup de femmes ; même si elles n'ont aucune idée de qui je suis, elles tombent comme des mouches. Je vois bien que j'ai l'air d'un connard prétentieux en disant cela mais je m'en fous. Je suis pas mal et avec mon air de me foutre de tout, les femmes se jettent sur moi et se déshabillent instantanément. J'ai eu beaucoup de femmes mais ce qui s'est passé avec Nicole est inédit.

L'attirance est un phénomène étrange. Une femme peut être splendide et ne rien déclencher chez moi. Elle peut être sexy et je ne la regarderai même pas. Elle peut avoir l'air innocent et je m'en ficherai complétement ou pétulante et je passerai sans la voir. Je m'ennuie vite et suis aussi changeant que le temps en avril. Mais quelque chose s'est passé avec Nicole et j'ai envie de la revoir. Elle n'a pas la beauté d'un mannequin, elle n'est pas riche ou suprêmement intelligente. Elle a simplement ce je ne sais quoi qui me fait chavirer. Quelque chose qui n'appartient qu'à elle. J'aime les longues chevelures brunes. J'aime les regards mystérieux et profonds remplis de tristesse. J'aime les traits délicats et les femmes pleines d'assurance. En fait, Nicole coche toutes les cases et plus encore.

Ça me plait de la voir mal à l'aise dans ce bureau. Elle s'est soumise à mes demandes comme aucune femme avant elle et ça a réveillé quelque chose en moi.

Je suis là, prêt à enfreindre mes propres règles et je ne sais trop quoi penser. Mais j'ai toujours toutes les cartes en main. Il est clair que Nicole a besoin de ce contrat. Elle sait qu'il pourrait y avoir des répercussions désagréables si je parlais de ce qui s'est passé hier soir. Elle a intérêt à ce que je reste très professionnel pour pouvoir rentrer chez elle avec son contrat en poche, c'est pour ça qu'elle a traversé l'Atlantique. C'est ce que je lui souhaite.

Je ne joue pas au con. J'ai juste envie d'un truc dont je n'ai pas eu envie depuis longtemps avec une femme : une deuxième nuit.

Putain ! Je durcis rien qu'en me rappelant comment elle s'est débarrassée de son petit string rose en se trémoussant quand je le lui ai demandé dans un bar bondé. Il était tout humide quand elle l'a déposé dans ma main. À ce moment-là, j'ai compris qu'elle serait à moi. Si un homme arrive à faire mouiller une femme sans la toucher, il y a de fortes chances qu'il arrive à la baiser et plus si affinités.

Après le sexe, elle a changé d'attitude ; elle semblait moins docile, moins conciliante, même sa voix était plus déterminée. Ce n'est pas le sexe qui me fait déroger à ma règle, ce sont ses mots : « : « Vous resterez mon petit secret honteux. » Ce sont ses mots exacts - une vraie provocation.

C'est peut-être ce qu'elle désire mais les règles, c'est moi qui les fixe.

Elle va s'en rendre compte aujourd'hui, à ses dépens.

J'ai pleins d'images obscènes dans la tête et Nicole

Cristie y figure toujours. Je vais à nouveau poser les mains sur ses seins, pincer ses tétons jusqu'à la faire crier. Je vais glisser les doigts dans sa culotte et tripoter ses parties les plus intimes, je veux qu'elle tremble sous mes caresses. Je veux lui interdire tout plaisir puis lui en donner tellement qu'elle ne le supportera plus et me suppliera d'arrêter.

Pour le moment, il faut que tout se déroule comme prévu. Je me tourne vers les rafraîchissements et verse un café à Nicole, je le pose délicatement devant elle. Puis je sors une petite flasque de la poche de ma veste et en verse quelques gouttes dans sa tasse brûlante :

— Il me semble qu'une gorgée de whisky vous ferait du bien, dis-je.

C'est ma façon à moi de lui remémorer l'un des moments phares d'hier soir : ses orgasmes explosifs comme des exorcismes. Ses joues s'embrasent.

— À des fins thérapeutiques uniquement, cela va sans dire.

Elle me regarde, l'air hagard comme si elle était encore sous le choc de mon apparition.

— Fermez la bouche, Nicole.

C'est fou comme j'adore lui donner des ordres et la regarder obéir. C'est tellement facile... Presque trop beau pour être vrai.

Ma remarque fait son effet, elle se réveille d'un coup :

— Que faites-vous ici ?

— C'est mon entreprise Nicole.

Je m'assois au bout de la table et arrange les

poignets de ma chemise. C'est un geste pour l'impressionner, une touche subtile de langage non verbal pour lui signifier qu'elle est toujours à ma merci. Elle se recroqueville un peu plus sur sa chaise ; je me rends compte que je prends beaucoup de plaisir à la voir si gênée.

— Comment saviez-vous que je venais ici aujourd'hui, dit-elle d'une voix calme, où est Holden ?

— Il ne va pas tarder. Je voulais vous souhaiter la bienvenue à AHP en personne et m'assurer que votre séjour se passe le mieux possible.

Nicole fronce les sourcils ; il faut que je me fasse violence pour ne pas me pencher au-dessus de la table, l'attraper par la nuque et l'embrasser comme un fou. Des images se bousculent dans ma tête : son corps ligoté avec ma cravate et ma ceinture, sa chatte offerte.

Mais j'ai l'habitude de maîtriser mes pulsions alors je me tais, je laisse les secondes s'écouler et je savoure chaque instant.

Chapter 9

NICOLE

Aaron a fini son bla-bla, ses yeux verts pétillent puis se plissent imperceptiblement, je sens le danger.

Je frémis.

— Vous saviez qui j'étais hier soir, c'est ça ? Ce n'était pas un hasard !

Il reste impassible :

— Nicole, Nicole, ne restons pas bloqués sur hier, passons à autre chose s'il vous plaît.

Sa désinvolture agit comme un électrochoc, la colère et l'indignation bouillonnent en moi.

J'ai voulu effacer toute cette histoire avec Jonathan, je n'ai pas réfléchi et maintenant je me retrouve dans une situation encore plus gênante. Cette rencontre torride, ma tentative de reprendre le contrôle de ma sexualité, tout ça me semble sordide maintenant. Je me sens idiote, manipulée et complètement naïve. Cette impression d'avoir été humiliée est totalement insupportable.

— Moi, j'ai envie de reparler d'hier. Ça a quand

même un rapport évident avec ce qui se passe dans ce bureau.

— Mais pourquoi ? Je n'ai pas tenu ma promesse ?

— Mais putain, c'est quoi le rapport ?

— Baissez d'un ton, dit-il d'un ton ferme comme s'il s'adressait à une ado rebelle.

Mon sang ne fait qu'un tour :

— Vous saviez ! Vous saviez qui j'étais et vous n'avez même pas hésité ! Je n'arrive pas à y croire !

— A croire quoi ? Qu'un inconnu vous trouve attirante au point d'avoir envie de vous baiser si vous le lui proposiez.

Je suis debout, face à lui, les poings serrés appuyés sur la table, je me penche vers lui :

— C'est minable, dis-je très calmement.

Je fais tout pour contenir la colère qui tétanise mes muscles, je ne veux pas exploser de rage, ça lui ferait trop plaisir. Il y a ça et surtout le fait que ma vie dépend de ce boulot. J'ai ce putain de prêt étudiant encore sur le dos, si je perds mon boulot à cause d'un truc aussi con, c'est la catastrophe assurée.

Aaron m'examine, son regard s'attarde sur mon visage, ma poitrine, mes hanches. Il me scrute d'un air nonchalant qui me fait à la fois bouillir de rage et rougir. Puis, il s'avance, nos visages sont tout proches :

— Vous êtes belle, Nicole mais quand vous êtes en colère..., il hoche la tête, vous êtes éblouissante.

Je hausse les sourcils et fais un pas en arrière, mon cœur bat la chamade. Pourquoi je réagis si vite et si fort à un commentaire, certes grossier, mais somme toute banal ? Est-ce si facile de m'impressionner. Je me laisse tomber sur la chaise, très déçue de moi-même. Mes parties intimes douloureuses me rappellent brutalement que je suis une idiote. Je cache mon visage et ma gêne dans mes mains, j'ai la tête lourde.

— Mon dieu, dis-je d'une voix étouffée à travers mes mains.

— Je ne crois pas qu'il ait grand-chose à voir avec tout ça, dit Aaron en riant.

Je lève les yeux brusquement, il me lance un grand sourire :

— Est-ce que je peux être franc avec vous ? demande-t-il.

Je fais oui de la tête.

— Ce qui s'est passé entre nous restera entre nous. Il n'y aura aucune répercussion sur votre réunion d'aujourd'hui avec Holden, aucune incidence sur votre carrière, je m'y engage. »

Je fais à nouveau un signe de la tête, je suis soulagée mais je ne comprends pas tout :

— Mais... pourquoi êtes-vous là alors ?

— Pour vous revoir. Je crois que je n'aimais pas trop l'idée d'être une aventure d'un soir anonyme, ou plutôt comme vous l'avez si bien dit « votre petit secret honteux ». Maintenant, vous savez qui vous a baisée hier soir et je préfère ça finalement.

Aaron tend la main et me touche le poignet ; j'ai un mouvement de recul, il s'en saisit alors, sa main est sèche et sa poigne ferme :

— On ne va pas en faire tout un plat, Nicole, pas

d'hystérie. Nous étions deux adultes consentants, je sais que vous avez passé un bon moment. J'ai senti votre chatte frémir autour de ma queue quand vous avez joui. J'ai bien senti que vous en aviez vraiment envie, besoin même. Alors on arrête le cinéma. Assumez vos décisions !

J'entends une colère sincère dans sa voix, je ne comprends pas bien. C'est moi qui devrais être furieuse, c'est moi qui devrais folle de rage contre lui.

— Vous m'avez séduite, dis-je d'une voix calme.

Il n'a pas l'air d'accord :

— C'est vous qui avez voulu boire à « un truc mémorable ». C'est vous qui avez accepté quand je vous ai proposé de vous offrir ce truc mémorable. C'est vous qui aviez les cartes en main, Nicole. C'était votre décision.

Je digère ses paroles ; il lâche mon poignet et je frotte l'endroit qu'il a serré – je n'ai pas mal, j'ai juste envie qu'il le reprenne avec la même fermeté, cette sensation me manque déjà. Il n'a pas tort. J'avais vraiment besoin de sexe, j'avais besoin de me libérer. J'ai adoré cette nuit passée avec lui qui a dissocié à jamais la Nicole de Jonathan de la Nicole que je veux être dorénavant. Je me souviens de cet étrange sentiment de tristesse qui s'est emparé de moi quand j'ai compris que je ne le verrai plus jamais et de ce délicieux désir qu'il a fait naître en moi.

Maintenant que mon inconnu est assis en face de moi, rien n'est simple. Mes sentiments sont confus et difficiles à suivre.

— Vous avez profité de moi.

Aaron secoue la tête, il fronce les sourcils et son visage magnifique se ferme :

— J'ai aimé ce que je voyais et ce que je voyais avait l'air bien disposé à mon égard. Vous réécrivez l'histoire. Je n'ai su qui vous étiez qu'après vous avoir quittée. J'ai reconnu le nom de l'entreprise sur les documents de la table de nuit. J'ai recherché votre nom dans nos archives et je vous ai trouvée. Disons que c'est le hasard ou le destin qui nous a amenés tous les deux dans ce bar. Ce n'est pas la peine de tout réécrire...maintenant que vous savez qui je suis, vous inventez des arrière-pensées qui n'existaient pas à ce moment-là. On dirait que vous avez oublié ce qui s'est passé entre nous !

— Je n'ai rien oublié, dis-je entre plantant mon regard dans ses yeux ourlés de cils si longs qu'il aurait presque l'air efféminé s'il n'était pas aussi viril.

— Vous vous rappelez que vous avez tremblé ? demande-t-il d'une voix si basse qu'elle ressemble à un grondement. Il a l'air déterminé. Il veut me ramener dans le monde parallèle où je suis tombée la tête la première hier soir.

— Oui.

— Vous vous souvenez de vos gémissements ?

— Oui

— Vous vous souvenez quand je vous ai pénétrée ?

Oh, non ! Ses mots réveillent mon corps, j'ai envie de sentir à nouveau tout ce qu'il décrit, malgré tout, malgré lui :

— Oui.

— Et vous avez aimé ?

Je voudrais répondre par la négative mais je ne peux pas mentir. J'ai tout aimé, absolument tout. Ses mots crus, sa domination, son regard et sa langue sur ma peau. Tout.

— Répondez-moi, Nicole.

— Oui, dis-je d'une voix ridiculement plate, oui.

Mon deuxième « oui » est plus fort, j'assume ma réponse. J'ai tout aimé, j'en voulais encore plus, je me sentais euphorique et puissante, même dans la soumission.

— Suffisamment pour recommencer ?

A cet instant, je le regarde attentivement : il a son air grave, son regard sombre. Tout ce que je vois m'enjoint d'être prudente. Si Aaron était un panneau routier, ce serait « Attention ! Terrain glissant. »

Une aventure sexuelle exceptionnelle peut troubler l'esprit. Elle peut nous conduire à ressentir du désir pour des gens toxiques mais on ne m'y prendra pas deux fois...

— Je ne crois pas, non.

Je me dépêche de prononcer ces mots avant que mon corps ne démente cette réponse raisonnable. Mon cœur est déjà meurtri, une aventure avec Aaron ne peut qu'aggraver la situation. J'ai baissé la garde une seule nuit mais je ne suis pas assez bête pour croire qu'un homme comme lui aurait des scrupules à prendre ce qu'il veut sans se soucier de mes senti-ments. En un sens, il l'a déjà fait.

Aaron cligne des yeux une fois, on dirait qu'un rideau se ferme sur son regard. Tout s'éteint : plus d'air de défi, plus de fougue. Ce n'est pas ça que je veux voir. On dirait qu'il est perdu maintenant que je l'ai rejeté. Il a perdu son mordant, je me demande si je ne l'ai pas blessé.

Il s'est comporté comme un connard, d'accord, mais je ne voulais pas en arriver là. Blesser les gens ne me fait pas kiffer. J'ai suffisamment souffert pour ne prendre aucun plaisir à me comporter de la même façon.

— Eh bien d'accord, finit-il par dire en se levant et en reboutonnant sa veste, je vous envoie Holden.

Il se dirige à grands pas vers la porte mais s'arrête avant de l'ouvrir :

— J'ai été ravi de vous rencontrer Nicole, dit-il sans se retourner.

Puis il quitte la pièce ; je reste plantée là, un sentiment de vide glacial m'envahit – ça ressemble fort à des regrets.

Chapter 10

AARON

Je retourne à mon bureau, incrédule. Je n'avais pas imaginé que la rencontre avec Nicole se déroulerait de cette façon. Je vais peut-être avoir l'air arrogant et ridicule mais il faut avouer que d'habitude, ça se passe différemment : les femmes découvrent qui je suis, combien je gagne et après, elles font tout pour sortir avec moi.

Hier soir, Nicole a dû penser que j'étais son équivalent masculin : un cadre commercial avec des revenus conséquents et une situation confortable dans l'entreprise qui l'emploie. Je l'intéressais quand j'étais un type lambda mais maintenant qu'elle a compris que je suis bien plus que ça, elle se fiche éperdument de moi. Jamais on ne m'a repoussé après avoir découvert qui j'étais alors ça me touche bien plus que je n'aie envie de l'admettre.

Quand on est riche, c'est difficile de vraiment savoir pourquoi les gens s'intéressent à vous. C'est ça qui était bien avec Nicole – elle n'avait aucune idée du montant de ma fortune ou de ma réussite professionnelle ; elle m'a rejeté quand elle l'a su et du coup, c'est encore plus douloureux. Le plus difficile pour moi, c'est aussi de reconnaître qu'elle m'a peut-être envoyé bouler essentiellement à cause de mon comportement.

De retour dans mon bureau, je demande à ma secrétaire d'avertir Holden de l'arrivée de Nicole. Je ne vais pas intervenir dans leur réunion ; pendant ce temps, je vais préparer un plan. Elle croit peut-être qu'elle peut me dire non comme ça et que je vais abandonner la partie. Elle ne sait pas à quel point je suis obstiné. Visiblement, elle ne sait pas non plus que les défis me stimulent. Elle n'a aucune idée de tout ce que j'ai dû traverser pour arriver où je suis.

Que faut-il que je fasse pour qu'elle ait les mêmes envies que moi ? Il ne me reste plus qu'à trouver.

Je bande à l'idée de devoir me battre pour pouvoir la posséder de nouveau. Et je vais réussir. J'obtiens toujours ce que je veux, d'une manière ou d'une autre.

J'ai des comptes à vérifier, une présentation de mon directeur marketing à lire et un discours à écrire ; le problème c'est que je n'arrive pas à me concentrer. Sandrine n'arrête pas de m'interrompre pour savoir si je suis disponible à telle ou telle date – ça m'agace plus que d'habitude. J'ai juste envie qu'on me laisse seul avec mes pensées.

On peut concevoir la séduction de différentes façons. Les femmes disent qu'elles aiment qu'on s'occupe d'elles et qu'on leur fasse la cour mais en fait, la plupart ont envie de quelque chose de plus sauvage.

Elles rêvent d'être possédées avec passion et certaines, comme Nicole, brûlent du désir d'être dominées.

Quand l'homme dirige, les femmes se sentent rassurées ; c'est comme ça que ça marche.

Nicole a beau avoir eu le cran de me dire non, je sais ce qui la fait réagir et je me prépare à lui donner exactement ce qu'elle veut.

Pas de putain de fleurs, de chocolats ou de petits mots pour lui dire que je suis un type bien.

J'ai quelque chose en tête qu'il lui sera impossible de refuser, elle ne pourra pas y résister.

Chapter 11

NICOLE

Après le départ d'Aaron, j'ai du mal à me reconcentrer. Mon esprit est en ébullition : je repense à ce qui s'est passé entre nous, à ce qu'il vient de me proposer, à ce qui va se passer si j'accepte. Si je dis oui, je me mets en danger mais je ne veux rien regretter ; j'en ai ma claque des regrets.

Holden a dû remarquer quelque chose car il me demande si ça va. Je lui avoue ma fatigue et ma baisse de régime, le tout enveloppé dans un tas d'excuses qu'il a l'air d'accepter facilement.

La rencontre se passe très bien. Depuis un bon mois, nous faisons l'inventaire des logiciels dont AHP a besoin ; en fait, je me suis déplacée uniquement pour que le contrat soit signé en personne. Pendant une heure et demie, nous revoyons ensemble la présentation du produit et la paperasse, puis Holden va faire signer le contrat par les directeurs juridiques et financiers.

A son retour, je suis euphorique : tout est fini, je peux retourner à l'hôtel. L'aventure avec Aaron n'a eu de conséquences que sur mon amour-propre ; je vais oublier tout ça et reprendre ma vie d'avant. Je vais peut-être aller au spa pour me détendre avant de reprendre l'avion demain matin, ou en tout cas m'occuper de moi, c'est ce que j'aurais dû faire depuis longtemps.

Holden me serre la main puis me reconduit dans le hall et nous nous séparons. Je rends mon pass invité à la réceptionniste au sourire professionnel et lui demande de me commander un taxi pour retourner à l'hôtel. En attendant, je m'assois dans un coin en retrait du grand hall lumineux et j'appelle ma copine Maya. Après tout ce qui s'est passé, une voix familière va me remettre les pieds sur terre. Je ne compte pas lui raconter toute la nuit en détails mais puisque Aaron m'a révélé son nom, j'ai envie qu'elle me dise ce qu'elle pense de tout ça. Elle décroche à la première sonnerie et j'entends un retentissant « Allô ! » qui me fait rire.

« Nicky, ça va ? demande-t-elle, c'est comment Atlanta ? Si tu me dis qu'il fait beau, je te raye de mes contacts.

— Il pleut des cordes ! dis-je en riant.

— Non !

— Bah non ! Il y a un soleil magnifique mais je n'ai pas pu beaucoup en profiter.

— Ta réunion est finie ?

— À l'instant. Je suis encore dans l'immeuble, c'est très chic. J'attends un taxi.

— Super ! Alors tu me racontes quoi ? T'as fait du

shopping ? N'oublie pas de m'acheter les tennis dont je t'ai parlé, c'est beaucoup moins cher là-bas.

— Je les achèterai demain en partant à l'aéroport.

Je marque une pause, je repense à Aaron et je me demande bien comment je vais pouvoir parler de lui à Maya :

— Il s'est passé un truc hier soir, dis-je dans un murmure, j'ai rencontré quelqu'un.

— Ah ouais, quelqu'un, c'est-à-dire ?

— Un type au bar de l'hôtel...on a fait des trucs ...de façon anonyme. Au final, c'était le PDG de l'entreprise avec laquelle je bosse.

— Quoi ? Je te perds de vue une seconde et tu te tapes un coup d'un soir ?

— Euh...ben oui.

— Putain, Nicky, ça ne te ressemble pas ! Et en plus, tu tires le gros lot directement, Maya est morte de rire, il s'appelle comment ? Je vais aller voir sur Google.

— Aaron Harrington, murmuré-je d'un air coupable en regardant autour de moi.

— Bouge pas, dit-elle en tapant comme une folle sur son clavier, oh mon dieu, Nicky, il est torride et plus riche que Crésus. Non mais t'as lu sa page Wikipédia ?

— Non, mon dieu, ça serait trop bizarre.

— Peut-être, mais tu vas le faire maintenant, non ?

— On verra, dis-je en gloussant, il s'est passé ce qui s'est passé, j'ai cru que c'était un coup d'un soir. Puis il est venu me voir aujourd'hui juste avant la réunion pour me dévoiler son identité.

— Wow ! Excellent mais un peu étrange, non ? Il est comment ? C'est pas un taré au moins ?

— Non, je crois pas. Il est un peu dans l'excès, un peu dominateur, il aime bien tout contrôler.

Maya s'esclaffe, son rire est plein de sous-entendus :

— Il a l'air vraiment intéressant, pas le genre de type que tu fréquentes d'habitude.

— C'est peut-être pas plus mal comme ça, dis-je non sans ironie.

— Tu as tout à fait raison. Alors, il t'a dit quoi aujourd'hui ?

— il m'a juste dit qu'il voulait me revoir. Comme j'étais en colère, j'ai dit non. »

Maya ne dit rien pendant quelques secondes puis : « Nicky ! Alors là, tu m'épates. Ce mec est le célibataire le plus sexy d'Amérique. Je viens de lire ce qu'on dit sur lui dans la presse, il est de toutes les fêtes, toujours au bras d'une jolie fille. Ça t'aurait pas fait de mal une petite aventure avec lui, il est plein aux as.

— Je suis pas Cendrillon.

— Hé, ne néglige pas les avantages de sortir avec un vieux plein aux as. La vie n'est pas facile et si tu peux profiter de ton mec pour améliorer les choses, personne ne t'en voudra.

— A un autre moment, j'aurais peut-être été tentée d'accepter une autre nuit, pour le plaisir. Je gagne ma vie quand même. C'est juste que...si c'était plus simple pourquoi pas. On a passé un super moment mais plus...

— Bon ben, on dirait bien que tu viens de jeter un beau gosse plein aux as, c'est la vie !

La personne à l'accueil me fait signe, sûrement pour m'avertir que mon taxi est arrivé :

— Maya, il faut que j'y aille, je crois que mon taxi est là.

On se dit au revoir et j'attrape mon sac.

Quand je m'approche du comptoir, l'hôtesse est tout sourire :

— Votre taxi vous attend.

Je suis intriguée par la lueur amusée que je vois dans ses yeux. J'ai du mascara sur le nez ou quoi ? Je la remercie et m'apprête à partir (en cachette, j'essuie mon visage au cas où...). Je passe les portes tambour et retrouve le soleil éclatant de ce début d'après-midi. J'aperçois un long véhicule noir très élégant arrêté devant l'hôtel. Un homme, une casquette à la main, attend près de la portière côté passager. Je jette un coup d'œil dans la rue pour repérer mon taxi mais je ne vois pas d'autre véhicule. Je descends les marches en courant et le chauffeur m'interpelle :

— Nicole Cristie ?

Je fais signe que oui ; il ouvre la portière sur l'intérieur sombre et je fronce les sourcils : je ne m'attendais pas du tout à ça. J'espère que le trajet ne va pas être hors de prix parce qu'il faut que je justifie toutes mes notes de frais en rentrant.

— Euh...au Marquis, s'il vous plaît. » dis-je en bégayant à moitié et je monte dans la voiture. Je m'installe sur le confortable siège en cuir tout en observant le luxe insensé de cette voiture. Punaise ! Voyager dans ces conditions, pas mal ! Le chauffeur n'a pas refermé la portière. Pendant quelques instants, je me demande pourquoi on ne démarre pas et puis j'entends une voix familière qui remercie le chauffeur de l'avoir attendu. Aaron monte dans la voiture, s'affale sur le siège à côté de moi puis me lance un large sourire.

— Mais qu'est-ce que vous faites là ? dis-je froidement

— C'est ma voiture. » Il a un sourire narquois et me jette un regard plein de défi ; je n'ai qu'une envie : lui en coller une. Non mais, il se croit où ?

— Votre voiture, mais oui bien sûr, dis-je la main sur la poignée, je retourne à la réception commander un taxi. »

Il saisit mon poignet : « Pas besoin Nicole. Je serai ravi de vous ramener à votre hôtel.

— Je m'en doute, réponds-je, mais pas moi. Je vous ai déjà dit non. Votre attitude est totalement déplacée.

— S'il vous plaît, juste cette fois, dit-il d'une voix douce. Il a changé de ton, son regard est franc, je retire ma main de la poignée. C'est peut-être sa façon de reconnaître qu'il s'est conduit comme un imbécile ce matin.

— Pourriez-vous demander à votre chauffeur de me ramener directement à l'hôtel s'il vous plaît, sans détours ?

— Il sait où il va, répond Aaron, au fait, comment s'est passée votre réunion avec Holden ?

— Très bien.

— Le contrat est signé alors ?

— Oui.

— Parfait.

Après cet échange lapidaire, nous restons silencieux, je regarde par la vitre le véhicule se faufiler dans les rues encombrées. Mon esprit est ailleurs, hypnotisé par l'odeur de son parfum ; tout me rappelle notre moment d'intimité. Tout me ramène à la plus fantastique expérience sexuelle de ma vie.

« Vous êtes essoufflée. », murmure-t-il au creux de mon oreille. Son souffle sur ma peau me paralyse. Il est si près qu'il pourrait m'embrasser. Je ne devrais pas en avoir envie et pourtant...s'il pouvait juste effleurer ma peau de ses lèvres délicates.

« Je suis fatiguée c'est tout, à cause du décalage horaire.

— Et vous êtes tellement crispée sur votre sac que vos jointures sont blanches.

— Il y a mon ordinateur dedans, je n'ai pas envie qu'il tombe.

La main d'Aaron, légère comme une plume, caresse le dos de ma main ; mes nerfs sont à fleur de peau même si je m'efforce de ne rien laisser paraître. Puis, il passe délicatement un doigt sur mon cou ; je sens mon pouls cogner contre sa peau - preuve évidente de l'effet qu'il me fait.

— Pourquoi vous empêchez-vous d'avoir envie de moi ? susurre-t-il, votre corps, lui, sait tout le plaisir qu'il en tirera.

— Ce n'est pas mon corps qui commande, réponds-je, dans un souffle sans le regarder mais tout à fait consciente de sa proximité.

Son doigt se remet en mouvement et descend le long de mon cou puis se balade délicatement sur le creux saillant de ma clavicule.

— Vous avez peut-être raison mais je vois bien que votre esprit est tenté aussi. Il sait tout le bien que je peux vous faire et il sait aussi que vous ne courez aucun danger. Nous avons passé du temps ensemble, vous me connaissez, vous savez ce que j'aime. Je vous connais. Vous partez très bientôt. Je ne vous demande qu'une nuit de plus. L'occasion de renouveler l'expérience, de ressentir de nouveau tout ce que vous désirez plus que tout depuis que je vous ai quittée hier soir.

— Mais vous êtes imbuvable et prétentieux ! sifflé-je.

Ma réponse le fait glousser.

— Sans doute, mais uniquement parce que j'ai envie de vous. Je sais aussi ce que je ressens quand je suis avec vous. C'était fantastique nous deux. Vous ne voulez pas qu'on recommence ?

A ce moment précis, je décide qu'Aaron Harrington est un connard. Il sait que la réponse à sa question n'est pas un non ferme. Il voit bien que mon corps en meurt d'envie mais que je suis partagée. Mon cœur bat à l'unisson avec le sien mais mon esprit est paralysé par la peur. Il prend délicatement mon visage dans sa main et le tourne vers lui : je n'ai pas d'autre choix que de plonger mon regard dans ses yeux verts hypnotiques :

— Je vous promets que tout se passera bien. Je ferai tout ce que vous aimez, on s'amusera ensemble. Rien de sordide. Ne vous inquiétez pas.

Je ferme les yeux devant l'intensité de son regard ; il m'embrasse, ses lèvres sont fermes, pleine de promesses.

Qu'est-ce que je peux dire ? J'hésite à peine quelques secondes mais il s'engouffre dans la brèche. Je ne devrais pas lui rendre son baiser mais je ne peux pas résister. Mon corps a envie de lui, ce qui s'est passé la nuit dernière est encore tout frais. C'est moi qui cherche sa langue en premier et c'est tellement bon que je gémis en l'embrassant.

Pour le non, c'est fichu

Pour la fermeté aussi.

Mon sac tombe sur la plancher, complètement ignoré dans la frénésie qui s'empare de nos mains et nos bouches. Nos désirs explosent. Aaron pose ses lèvres sur mon cou, il respire bruyamment, ses mains attirent mes hanches à lui, il remonte ma jupe et malaxe mon cul avec gourmandise.

Je ne sais pas ce qui me prend, je me retrouve à cheval sur lui, ma chatte collée à son impressionnante érection. C'est un moment de fougue stupide mais tellement bon que je ne peux plus m'arrêter.

— Putain, tu m'excites tellement, dit-il en déboutonnant ma veste ; il passe ses mains sur mon chemisier, attrape mes seins et les malaxe. Je me colle contre lui, il gémit :

— Viens chez moi, dit-il entre deux baisers fiévreux.

Chez lui.

Je pensais qu'il préfèrerait que ça reste impersonnel et qu'on irait plutôt dans ma chambre d'hôtel. J'ai tellement d'énergie sexuelle emmagasinée en moi que je suis prête à exploser. J'ai envie de voir où cet homme habite, mon entrejambe est en feu : il n'en faut pas plus pour que je lui dise ce qu'il a envie d'entendre.

— D'accord.

J'aurais pu dire plein d'autres choses : j'espère que tu vas me faire vivre une expérience magique dont je pourrais sortir la tête haute et le corps triomphant. Prends soin de moi parce que je souffre et mon cœur ne supportera pas de souffrir à nouveau. Sois l'homme dont j'ai besoin mais pas trop non plus sinon je vais m'attacher.

Si j'exprimais tout haut mes pensées et mes sentiments à cet instant précis, il prendrait ses jambes à son cou.

Alors je ne prononce qu'un mot, celui qu'il veut entendre.

Jamais ce mot si banal n'a été aussi chargé de sens, jamais il ne m'a paru si important.

Chapter 12

AARON

Je savais que j'arriverais à la faire changer d'avis. Les femmes c'est un peu comme les transactions commerciales : je flaire la bonne occasion et je sais toujours quand l'autre va plier. Nicole a eu beau donner l'impression de résister, il n'a pas fallu grand-chose pour la faire céder et accepter ce qu'elle voulait vraiment au fond d'elle-même.

Le trajet jusqu'à mon appartement me parait très court, il faut dire que je suis occupée avec Nicole. J'avais demandé au préalable à Paul mon chauffeur de me conduire à la maison, nous étions donc déjà en chemin quand Nicole a donné son accord. On aurait pu facilement aller à son hôtel mais il y a moins de risques chez moi et j'ai envie de la prendre sur mon territoire. Je n'ai pas pu résister à l'idée de la voir nue sur mon lit.

Lorsque nous entrons dans le garage souterrain, que l'obscurité se fait dans la voiture, Nicole se dégage de notre baiser fougueux pour regarder dehors.

— Où sommes-nous ? demande-et-elle, le regard

lourd, les lèvres gonflées et les cheveux délicieusement ébouriffés.

Je ne lui ai encore rien fait et elle est déjà échevelée et troublée.

— Chez moi, réponds-je en souriant tandis qu'elle regarde à nouveau à l'extérieur.

— C'est un peu lugubre, non ? Vous n'attrapez pas froid avec tout ce béton ?

— Ah, ah, très amusant, dis-je en lui donnant une tape délicate sur la hanche, allez, rasseyez-vous sur votre siège avant que Paul n'ouvre la portière et se rende compte de ce que nous étions en train de faire.

Nicole se rassoit convenablement près de moi, rajuste ses vêtements et recoiffe ses cheveux. Malgré tous ses efforts, elle ne peut rien cacher de ce qui vient de se passer mais je sais que Paul restera impassible. Il est très professionnel.

La voiture s'arrête, j'attrape le sac de Nicole et sors en premier ; je lui tends la main. Je remercie Paul par-dessus mon épaule et conduit Nicole aux ascenseurs ; ils démarrent dans l'obscurité de ce garage souterrain et se hissent jusqu'à mon spacieux coin de paradis, mon duplex au dernier étage.

Je possède des propriétés un peu partout mais cet appartement est le seul dans lequel je me sens chez moi. Le décorateur que j'ai choisi a travaillé en étroite collaboration avec moi pour créer un endroit à la fois sophistiqué et très tendance mais qui me ressemble. Dans l'ascenseur, Nicole regarde les chiffres défiler, je voudrais lire dans ses pensées, savoir ce qu'elle imagine. J'ai envie qu'elle aime mon appartement. J'ai envie de l'impressionner.

Je l'observe attentivement quand nous entrons dans le loft que je connais si bien. Je m'attends à ce que son regard soit attiré par les lustres monumentaux qui tombent du plafond de dix mètres de haut, par les courbes du magnifique escalier, par ma cuisine ultra moderne mais non, elle se dirige sans une hésitation vers les fenêtres, attirée par la vue panoramique sur la ville.

— C'est magnifique, dit-elle, quelle chance d'avoir cette vue devant les yeux tous les jours.

Je ne dis pas un mot, je me contente de la regarder tandis qu'elle admire la vue.

— Est-ce que c'est votre domicile habituel, demande-elle.

Je fais signe que oui.

— Il vous ressemble, c'est exactement comme ça que je l'aurais imaginé. »

Je souris à sa remarque ; elle ne dit rien du luxe de mon appartement ou de sa taille, elle a juste noté que le style de l'appartement correspond à ce qu'elle imagine de moi.

Elle s'approche tranquillement d'un mur du côté salle à manger où sont exposées quelques œuvres d'art que j'aime beaucoup. Il y en a d'autres en haut, notamment dans ma chambre et mon bureau ; je n'en ai laissé que quelques-unes ici pour ne pas détourner l'attention de la vue.

« Wow, dit-elle en y jetant un coup d'œil, elles sont fabuleuses.

— J'adore les icônes. Ma grand-mère était russe et elle a toujours eu des reproductions d'icônes dans sa maison. Par bonheur, je peux acheter des originaux, elles me rappellent ma grand-mère.

— Ah, ce ne sont pas des copies ?

Elle est impressionnée, je l'entends dans sa voix et ça me rend tout chose.

— Non, ce sont des originaux. Elles datent toutes d'environ six-cents ans mais quelques-unes sont plus anciennes. La plupart sont grecques, les autres sont russes. J'ai acheté des scènes plutôt originales, ce qui augmente les prix. La plupart ont aussi quelques éléments en feuille d'or. »

Nicole me jette un coup d'œil comme si elle réfléchissait à quelque chose puis elle se tourne à nouveau vers les icônes.

— C'est ça que vous aimez en fait, les choses les plus chères ?

Je croise les bras sur la poitrine.

— Non, j'aime les choses rares et belles.

Son regard se pose sur moi, prudent mais chaleureux. Je trouve ça amusant qu'elle essaye d'apprendre des choses sur moi avec l'air de ne pas y toucher, ça m'impressionne même. Cette fille est sûrement plus intéressante que je ne l'avais imaginé.

Sa chevelure brille dans les rayons de soleil qui inondent la pièce, ses cheveux descendent jusqu'au creux de ses reins. C'est comme ça que j'aime les cheveux chez une femme : au naturel, vigoureux et assez longs pour que je puisse les empoigner quand je les baise et pour qu'ils couvrent leurs seins quand elles sont nues. Rien n'est plus excitant qu'un petit bout de téton rose ou l'arrondi laiteux d'un sein qui apparaissent à peine couverts par la longue chevelure soyeuse.

Je mouille mes lèvres en me demandant comment passer d'une promenade artistique à la séance de sexe pour laquelle nous sommes là. Ma queue est presque dure et palpite à chaque coup d'œil vers son cul magnifiquement mis en valeur par sa jupe ajustée ou vers ses jambes galbées par ses chaussures à talons. Je n'ai qu'une envie, la baiser avec ses chaussures à talons.

Soudain, je me rappelle que Nicole n'a pas déjeuner et que l'après-midi est bien avancé, alors je redeviens l'hôte prévenant ; au même moment, son ventre gargouille comme s'il lisait dans mes pensées. Elle pose la main dessus et grimace, un peu gênée.

— Je crois qu'il est temps que je vous nourrisse, dis-je en la prenant par la main et en la conduisant à l'espace cuisine, Sean me prépare toujours un déjeuner léger au cas où je rentrerais de bonne heure.

— Sean ?

— Mon cuisinier. Il habite dans l'immeuble.

— Oh, vous avez du personnel. Et moi qui croyais que vous alliez me préparer un bacon buttie.

— Un bacon quoi ? demandé-je en riant.

— Un sandwich au bacon...Pas grave, dit-elle en secouant la tête comme si elle avait affaire à un abruti, voyons ce que Sean vous a cuisiné.

Je la laisse sur son tabouret au comptoir et vais chercher la nourriture dans le frigo. Sean a préparé une délicieuse salade asiatique et des sushis. Je trouve aussi du jus d'agrumes fraîchement pressés dans une carafe. C'est parfait.

Je dépose le tout devant elle, elle observe le saladier et l'assiette avec intérêt.

— Alors, c'est donc ce que les milliardaires de la liste de Forbes prennent au déjeuner, dit-elle, j'aurais pu acheter la même chose chez Marks and Spencer !

— Chez Marks et Spencer ? » demandé-je, ça m'agace un peu de ne pas comprendre son humour.

Nicole me lance un grand sourire satisfait, boit une gorgée de jus en se léchant les lèvres de manière très suggestive. D'un coup, je perds le fil de ma pensée.

— Oui, Marks et Spencer, ils vendent de la nourriture pour les riches snobs en Angleterre.

— Ah oui, je vois.

Elle s'esclaffe :

— Je viens d'avoir une vision : vous entriez chez Marks and Spencer vous acheter un pantalon en velours côtelé et des chaussons écossais.

— Vous pensez que je ne porterai pas bien le velours côtelé ? j'adopte un ton faussement indigné, ses sourcils froncés m'amusent et j'en rajoute pour la taquiner :

— Et puis on dit des culottes de velours, pas un pantalon.

— Les culottes, c'est ce qu'on porte sous le pantalon ! elle rit maintenant, je n'y crois pas, vous, les Américains vous pensez que vous pouvez vous approprier notre langue, la modifier et puis nous corriger alors que la langue authentique, c'est la nôtre !

—Toute vient de notre arrogance, dis-je sans fausse honte, et aussi du fait que nous sommes bien plus nombreux que vous.

— Alors là, vous vous trompez, répond-elle, plus d'un milliard et demi de personnes parlent anglais dans le monde.

— Ce sont des vrais chiffres ?

— La linguistique m'intéresse, dit-elle en zieutant les plats que je pose sur la table, J'ai envie d'apprendre une autre langue pour me faciliter la tâche au travail. Il y a plein d'entreprises dans le monde où on ne parle pas très bien anglais. Je n'arrive pas à choisir entre l'espagnol et le mandarin.

— Les deux sont pas mal mais peut-être que l'espagnol sera plus utile dans la vie de tous les jours.

— Surtout pour des vacances dans des endroits de rêve.

Nous nous servons et je m'assois à côté d'elle :

— C'est la première fois que vous venez aux Etats-Unis, Nicole ?

Elle fait non de la tête, elle vient de goûter sa première bouchée de nourriture. Je vois dans son regard une lueur d'appréciation. Finalement, c'est peut-être meilleur que du Marks et Spencer. Elle s'essuie la bouche et baisse sa fourchette :

— Non, je suis allée dans deux-trois villes pour le travail et à Las Vegas en vacances.

— A Las Vegas ? Vous n'avez pas l'air d'être le genre de fille à aller à Las Vegas.

— C'est vrai. C'est une copine qui a eu l'idée...on avait toutes vingt-cinq ans cette année-là et elle a pensé que ce serait marrant de faire une méga fête dans la ville du péché pour célébrer notre quart de siècle.

— Et vous avez péché quand vous étiez là-bas ? demandé-je, en ressentant une pointe de jalousie à l'idée qu'elle ait pu avoir une ou deux aventures.

— Vous savez quoi ? Vous ne devriez pas poser des questions dont vous n'aimerez peut-être pas les réponses, dit-elle en fronçant à nouveau les sourcils.

— Et vous, vous devriez essayer de répondre aux questions qu'on vous pose !

— Eh bien, on a beaucoup joué, on s'est goinfré, on a pas mal bu... ah oui, mais ce n'est pas de ça que vous vouliez parler, hein ?

J'engouffre un sushi que je mâche, mais qu'est ce qui me prend ? Pourquoi ce besoin d'approfondir ce sujet ? D'habitude je ne suis pas du genre possessif mais il semble que mon inconscient ne voit pas les choses de la même façon. Je hoche la tête et change de sujet, je n'ai pas envie de laisser ma jalousie prendre le dessus.

— Vous habitez dans quelle région du Royaume-Uni ?

— Dans la banlieue de Londres, vous ne connaissez sûrement pas. C'est l'endroit où j'ai grandi. Mes parents habitent à dix minutes, je loue un appart.

— Vous n'avez pas envie d'acheter ? demandé-je, horrifié à l'idée de tout cet argent perdu en loyers.

Elle me regarde amusée :

— Vous connaissez le prix de l'immobilier à Londres ? J'ai des prêts étudiants à rembourser. Je pense que je serai toujours locataire à la retraite.

— Je connais bien Londres, dis-je, j'ai un pied-à-terre à Kensington. D'ailleurs vu ce qu'il me coûte, il doit être en or massif.

Bien joué, Aaron ! Très intelligent. Je n'en reviens pas des idioties que je profère ; Je me demande pourquoi cette femme me trouble à ce point.

Elle ne relève pas et c'est tout à son honneur ; elle se contente d'un sourire narquois comme si elle était amusée par ma remarque. Mes paroles avaient l'air moins prétentieuses dans ma tête. Je m'en veux de mon manque de tact. Je baigne dans l'argent depuis tout petit, il ne faut pas que j'oublie que tout le monde n'a pas eu ma chance. Je n'ai pas trop l'habitude en fait : ma famille et mes amis sont tous riches -c'est sûrement pour ça que je me plante dans les grandes largeurs là.

— C'est sympa Kensington, reprend Nicole tranquillement.

— Oui. J'aimerais y aller plus souvent mais je suis accaparé par le travail.

— Du coup, AHP vous appartient ?

Je bois une gorgée d'eau fraîche – ça me donne le temps de mieux préparer ma réponse.

— Oui. Je n'ai pas du tout fait ce que ma famille attendait de moi. Ils sont dans le pétrole et ils voulaient que je travaille dans l'entreprise familiale.

— Qu'est-ce qui ne vous plaisait pas : le pétrole ou le fait que c'était une affaire de famille ?

— Les deux, dis-je, j'aime beaucoup ma famille mais il y a déjà suffisamment d'histoires sans rajouter en plus les désaccords professionnels. Et puis je voulais créer quelque chose par moi-même.

Nicole acquiesce :

— Oui, je comprends très bien. Ça doit être gratifiant de créer une entreprise de toute pièce.

Je me souviens très bien ce que j'ai ressenti quand j'ai volé de mes propres ailes, c'était un vrai défi que j'ai relevé mais ma famille m'a aidé financièrement au début. Est-ce que j'aurais pu réussir de la même façon sans leur appui financier ? Je dirais que non. L'argent va à l'argent, c'est comme ça ! Plutôt difficile à expliquer à Nicole.

— C'est une responsabilité à la fois écrasante mais c'est aussi très grisant : des gens comptent sur vous pour avoir un emploi stable et votre entreprise a un impact positif dans le monde. Je dois dire qu'on m'a donné un coup de pouce au début : ma famille m'a fourni le capital de départ que j'ai remboursé plus tard.

Nicole hoche la tête, je me demande ce qu'elle pense de moi maintenant. Est-ce qu'elle serait plus impressionnée si j'avais réussi tout seul en commençant au bas de l'échelle ? Est-ce qu'elle est impressionnée parce que j'ai avoué qu'on m'avait aidé ? Je ne comprends pas pourquoi tout ça me touche tellement !

J'ai du mal à imaginer ce que ça fait de commencer dans la vie avec des dettes à rembourser. Nicole a l'air dans le rouge financièrement – et ça, c'est inconcevable pour moi. C'est gênant de connaître ces détails de sa vie mais après tout, nous ne sommes pas en couple et ce n'est pas à moi de régler ses problèmes. De toute façon, je me doute bien qu'elle n'aimerait pas que je me mêle de ses affaires. Elle a l'air très indépendante – c'est quelque chose que je respecte beaucoup.

— Au fait, dit-elle au bout d'un moment, je retire ce que j'ai dit tout à l'heure. La nourriture est sensationnelle. J'ai l'impression de me sentir de mieux en mieux.

— Sean vaut de l'or.

— Décidément, on en revient toujours à l'argent avec vous ! dit-elle en riant.

— Non, c'est à la baise qu'on revient toujours.

Elle hoche la tête, ça me fait sourire. C'est fou ce que ça m'excite de choquer une femme :

— Finissez de manger et ensuite on ira faire ce pour quoi on est là.

— Ok boss, réplique-t-elle avec un accent américain caricatural et en portant la main à son front dans un salut militaire de comédie.

— Oubliez la nourriture, dis-je.

J'adore son ton effronté mais là j'ai juste envie d'effacer son sourire narquois. Je l'attrape par le poignet, la remet sur ses pieds, je glisse la main sous sa chevelure, l'empoigne et l'attire à moi pour l'embrasser. Ses lèvres sont douces et sa bouche a un goût de sauce soja et de sucre de palme, un mélange sucré-salé qui lui ressemble tout à fait.

Elle pose ses mains sur mes cuisses et se penche jusqu'à ce que son corps soit collé au mien. Toute la matinée, j'ai réfléchi à ce que je lui ferais. J'ai fantasmé sur sa chevelure étalée sur mon oreiller, ses mains attachées à la tête de lit et mes mains qui écartent ses jambes. Je me suis dit que j'allais la baiser devant la fenêtre, ses seins collés contre la vitre froide, j'ai imaginé qui pourrait bien la regarder depuis l'immeuble d'en face.

Maintenant qu'elle est là en face de moi, je me rends bien compte que tout ça était ridicule.

Nos baisers sont si passionnés que j'ai envie d'elle, là, tout de suite. Je ne veux pas rompre le charme en changeant de pièce.

Je déboutonne son chemisier mais je ne lui enlève pas, sa veste non plus. Le chemisier est ouvert, la vue sur ses seins habillés de dentelles est sublime. Sa respiration s'accélère quand je passe un doigt délicat entre ses seins puis le long de son soutien-gorge jusqu'à la bretelle. Je la baisse et la cache dans la manche de son chemisier. Son minuscule téton rose apparaît, il pointe déjà dur ; ma langue n'a plus qu'à le titiller. Quand je mords le téton doucement, elle réagit tout de suite et se cambre, ses doigts s'enfoncent dans mes cuisses. Le gémissement que sa bouche laisse échapper m'excite et je la mords plus fort. J'ai envie qu'elle crie, peut-être pour entendre mon nom sur ses lèvres maintenant que je ne suis plus un inconnu pour elle.

Je décide alors de la prendre ici, dans ma cuisine.

C'est moi qui décide !

Chapter 13

NICOLE

Aaron mordille mon téton et la sensation de plaisir se diffuse directement jusqu'à mon clito. Je le regarde profiter de moi, c'est la scène la plus torride à laquelle j'ai assisté de ma vie, si l'on excepte hier soir, quand j'ai eu le bonheur de le regarder tenir sa queue. Il sort mes deux seins du soutien-gorge si vite que je suis abasourdie.

Il est très élégant dans son costume de business-man qu'il n'a pas quitté, j'ai l'impression d'être la secrétaire sexy qu'il va prendre dans son tailleur strict et ses hauts talons. Il attrape ma taille et me serre fort, mes jambes se dérobent sous moi, les caresses virevoltantes de sa langue laissent une sensation de fraîcheur dans leur sillage. C'est à la fois trop et pas assez.

On dirait qu'il ressent la même chose que moi car, au même moment, il s'écarte et m'examine de son regard vert intense. Il prend l'un de mes seins dans sa grande main ferme. Ça me rappelle son geste d'hier soir - un geste tendre qui jure avec le reste de son comportement.

— Déshabillez-vous ! dit-il d'une voix rauque, mais gardez vos chaussures.

Cette façon de me donner des ordres devrait me déplaire. Dans ma vie professionnelle, je ne me laisse pas marcher sur les pieds, je sais me faire entendre dans les réunions et quand une promotion est en jeu, personne ne me passe jamais devant. Pourtant là, j'ai envie de laisser Aaron prendre les choses en main, j'ai envie de me détendre et de le laisser s'occuper de moi. Je sais que je n'ai rien à craindre.

J'enlève le haut en un éclair. Aaron a déjà tout déboutonné, je n'ai plus qu'à faire glisser ma veste et mon chemisier. Je commence à descendre la ferme-ture éclair de ma jupe quand je me rappelle soudain que j'ai mis ma petite culotte en coton moche – pas vraiment la lingerie la plus sexy mais c'est trop tard, je ne peux plus rien y faire. Ma jupe tombe sur le sol, je l'enjambe et observe la réaction d'Aaron : petite cu-lotte virginale et talons de salope. Il semble apprécier le mélange des genres.

— Putain ! dit-il avec de la douceur dans le regard. Il caresse mon ventre, son doigt fait le tour de mon nombril, j'ai des frissons partout.

— J'ai hâte de dépuceler cette culotte virginale. Tu vas tellement mouiller que cet innocent bout de coton blanc va être trempé.

Il glisse un doigt entre mes jambes et son regard

trouve rapidement le mien quand il se rend compte que ma culotte est déjà trempée.

En un éclair, il descend du tabouret, saisit mon cul et me porte jusqu'à sa superbe table en bois massif, dans la salle à manger. Je m'accroche à son cou, mes jambes enserrent sa taille et mes lèvres sont collées aux siennes dans un baiser fougueux à pleine bouche. Il me dépose sur la table, le contact du bois glacé contre mon dos me surprend mais il est déjà en train d'enlever sa cravate et de ligoter mes mains avec.

D'un coup, je me demande s'il est capable de baiser autrement qu'en ligotant les femmes mais en fait, ça me plaît bien. Quand on est attachée, tous les sens sont exacerbés. J'adore cette situation : il me fait des choses et je ne peux quasiment rien lui refuser. C'est presque irréel mais je trouve ça étonnamment excitant.

— Laisse les mains au-dessus de ta tête, m'ordonne Aaron.

J'étire les bras au maximum pour lui montrer que je suis très obéissante.

Je ne peux m'empêcher de tressaillir quand il déboutonne sa chemise blanche impeccable et que j'aperçois son splendide torse musclé.

— Rapproche tes jambes, dit-il.

Il retire ses boutons de manchette méthodiquement, en prenant son temps, l'attente est interminable. Ma chatte est brûlante et trempée, elle est gonflée et n'attend plus que lui. Comme elle a déjà goûté au sexe d'Aaron, c'est une torture plus vive encore. Le bruit de sa boucle de ceinture résonne dans l'immensité de son appartement, il défait son pantalon, l'impatience m'empêche de respirer. Il le laisse tomber, se penche pour m'embrasser le ventre juste au-dessus de ma culotte. Il pose sa bouche et la presse contre mon corps. La peau de mon ventre est tendue, mon clito frotte contre le tissu de ma culotte, ça m'excite encore plus.

— Putain, j'adore ton odeur, dit-il, j'ai posé ta petite culotte en dentelle rose sur ma table de nuit, hier soir j'ai humé le parfum de ta chatte et pendant que je me branlais, le souvenir du sexe entre nous m'a accompagné.

Je ne sais pas quoi répondre. Ses mots sont terriblement excitants mais assez perturbants aussi. Excitant et perturbant, pas mal la combinaison des deux ! Est-ce que c'est normal de penser ça ?

Je l'entends retirer ses chaussures et ses chaussettes puis il se redresse. Il a attrapé son sexe à travers le tissu anthracite de son caleçon et se touche lentement en me regardant, offerte devant lui.

— Je crois que j'ai envie de te bander les yeux, dit-il comme s'il se parlait à lui-même, oui, c'est ça.

Il jette un coup d'œil autour de lui puis se dirige vers la cuisine ; il en revient avec un torchon qu'il plie sur lui-même pour en faire un bandeau assez large pour couvrir mes yeux. C'est la première fois que je me livre autant aux désirs d'un homme pendant l'acte sexuel. Je ne vais plus rien voir et dans les circonstances, je dois dire que ça m'effraie un peu mais quand il installe le bandeau, il me caresse tendrement les cheveux et ce geste me rassure.

Puis, c'est l'obscurité totale.

J'entends Aaron respirer fort tout près de moi : tous mes sens sont en alerte. L'attente électrise ma peau, tous les endroits de mon corps qu'il pourrait toucher brûlent de désir. Il écarte les chaises de la table pour se rapprocher de mon corps — à ce moment-là, je sais exactement où il se trouve.

Aussitôt, il embrasse délicatement mon visage et mes lèvres ; je pousse un long soupir. Je ne me suis pas trompée, c'est exactement ce dont j'ai besoin.

— J'adore tes taches de rousseur, dit-il en embrassant mon nez qui en est couvert, et tes lèvres. Elles sont si sexy.

Sa langue lèche ma lèvre supérieure, j'ouvre la bouche pour que nos langues se touchent mais déjà, il s'est éloigné. Je sens son souffle sous mon aisselle, il prend une grande inspiration :

— Ton odeur me fait carrément bander, dit-il en léchant le côté de mon sein dans lequel il enfouit son nez. Ta peau est si douce et lisse... j'ai envie d'y laisser ma marque.

Il mord mon sein, le choc me fait tressaillir, plus encore que la douleur. Je sens la chaleur de sa langue sur mon téton qui, au contact de l'air frais, durcit. Aaron le mord aussi, je me cambre et je porte instinctivement les mains à ma poitrine pour la couvrir. Mais il les repousse fermement au-dessus de ma tête :

— Garde les mains au-dessus de la tête ou je vais

être obligé de t'attacher, grogne-t-il en attrapant mon deuxième téton et en le faisant rouler sauvagement entre le pouce et l'index :

— Tu mouilles, Nicole ? A quoi tu penses ? T'as envie que je te baise ? Que je glisse ma langue dans ton clito ? C'est ça que tu veux ?

Exactement ! J'ai envie de ça et de ses mots obscènes mais je ne peux pas lui avouer. C'est trop difficile pour moi, ça demanderait une assurance que je ne possède pas.

— Voyons ce que dit ta chatte, murmure-t-il au creux de mon oreille, puis il s'éloigne à pas feutrés. Je sens la chaleur de ses mains sur mes genoux, il essaie de les écarter mais je résiste. A cause du bandeau sur les yeux, je n'ai aucune idée du spectacle que je lui offre, je me sens vulnérable et je n'aime pas du tout ça. Il n'insiste pas mais ses mains remontent le long de mes cuisses puis agrippent mes hanches ; il appuie avec ses pouces dans le creux de mes cuisses. Il glisse les doigts dans ma culotte et caresse ma toison soyeuse d'avant en arrière dans un va-et-vient délicieusement exaspérant. Il embrasse l'endroit où mes cuisses se rejoignent et insinue sa langue un peu plus loin entre elles. Il lèche avec désinvolture puis m'embrasse à travers le tissu. J'ai l'impression qu'il pose son visage à cet endroit, un instant de repos sur la partie la plus intime de mon corps :

— Chérie, susurre-t-il, écarte les jambes. Montre-moi ta chatte. Laisse-moi entrer. »

Je gémis et me tortille quand il écarte mes jambes

si lentement qu'on dirait qu'il le fait à quelqu'un d'autre.

— Plie les jambes, dit-il en les positionnant à sa guise, les pieds bien écartés, les talons de tueuse posés sur la table. J'ai peur de rayer la surface mais je me rappelle qu'il est blindé et qu'il emploie sûrement quelqu'un pour cirer ses meubles.

— Tu es complètement trempée.

Le contact de ses doigts sur l'ouverture de ma chatte est excessivement doux, je le sens à travers le tissu humide. Ses doigts suivent les bords de ma culotte, de chaque côté, comme s'il voulait faire durer le plaisir. Il prend le temps de savourer le moment avant de me mettre totalement à nu.

— Touche-moi, dis-je hors d'haleine.

— C'est que je suis en train de faire chérie.

J'aimerais voir le sourire qui se dessine dans sa voix. Il adore me faire attendre, je l'ai bien compris.

Il se déplace encore ; sa langue se pose sur mon clito, elle mouille le tissu au fur et à mesure qu'elle avance.

— T'as envie que je te débarrasse de ce petit bout de tissu, hein ? Allez, dis-le-moi !

Je fais non de la tête, je refuse de le supplier.

— Je pourrais très facilement me débarrasser de cette petite culotte blanche et glisser ma langue entre tes lèvres...aller et venir, aller et venir jusqu'à ce que tu jouisses sur ma langue. Ça serait l'extase, non ?

Il appuie plus fort sur mon clito.

— Oh, dis-je dans un gémissement, vas-y ! Fais-le.

— Supplie-moi.

— Pas question !

Je tente de rapprocher mes jambes mais son corps me bloque. D'une main ferme, il les remet dans la position qui semble tant lui plaire.

— Hors de question de te supplier. Si tu veux le faire, tu le fais. Sinon, laisse-moi me redresser.

Aaron ne dit rien pendant quelques secondes ; j'essaie désespérément de comprendre ce qu'il fait. J'ai envie de voir ce qu'exprime son visage mais impossible avec le bandeau. Je l'imagine très bien : les sourcils froncés et une lueur de colère dans les yeux.

Mais je m'en fous pas mal.

J'ai beau aimer être attachée et les jeux de séduction, je ne vais certainement pas supplier quelqu'un de me baiser – même pas Aaron « le PDG milliardaire » Harrington !

Je pense qu'il va me demander de partir puisque je ne veux pas jouer le jeu. Peut-être que ce qu'il veut, ce n'est pas ce dont j'ai besoin. Peut-être que sur le plan sexuel, on n'est pas aussi compatibles qu'on l'imaginait. Si c'est ça qui lui plait alors forcément, je dois le décevoir. Pourtant, à ma grande surprise, il fait exactement ce dont j'ai envie : il retire ma culotte et se met à sucer mon clitoris. Je suis tellement à cran que ce revirement suffit presque à me faire jouir mais il s'écarte aussitôt et j'entends ses pas se rapprocher de ma tête.

— Alors comme ça, on n'aime pas supplier, Mlle Cristie ?! Peut-être que ta bouche pourra servir à autre chose alors.

Ses mains agrippent mes cheveux et tirent dessus pour me rapprocher du bord de la table, il tourne ma tête sur le côté. Je sens quelque chose se promener sur mes lèvres, son pouce peut-être :

— Ouvre la bouche, Nicole, je vais mettre ma queue entre tes lèvres sublimes.

Oh merde ! Je vais enfin goûter sa peau, balader ma langue sur son sexe énorme dont je garde l'image en tête. Avant que je ne puisse réagir, son pouce force l'entrée de ma bouche puis ressort ; il est aussitôt remplacé par le bout chaud et doux de son sexe. Il ne l'enfonce pas plus loin que l'orée de ma bouche et se caresse en même temps :

— Tu n'imagines même pas à quel point tu es belle comme ça, avec ta bouche autour de ma queue. Lèche-la chérie, j'ai envie de sentir ta langue sur moi.

Je fais ce qu'il me demande, je goûte à son excitation. Je sens mes joues s'embraser, je suis gênée rien que d'imaginer l'image que je lui donne de moi. Je me sens entièrement soumise à cet homme qui m'a bandé les yeux et utilise maintenant mon visage pour satisfaire son désir.

Sa main se fait plus pressante sur ma chevelure, elle fait bouger ma tête d'avant en arrière, son autre main se cogne à mon menton tandis qu'il se branle de plus en plus vite :

— Oh oui.

Sa voix est tendue, j'adore sentir qu'il lâche prise et se laisse emporter dans ce qu'il me fait et ce que je lui fais en retour. Il reprend :

— Tu sais, quand je t'ai aperçue la première fois dans ce bar, ce sont tes lèvres que j'ai vues d'abord et puis tout de suite après, j'ai eu envie de faire un truc obscène avec toi : exactement ce qu'on est en train de faire. Pas exactement dans cette position. Tu étais à genoux devant moi...oui, vas-y...putain ! ...tu étais à genoux, les mains attachées derrière le dos et ma main agrippait ta crinière.

Aaron veut faire croire qu'il contrôle tout mais je ne reconnais plus sa voix et ma bouche sent bien qu'il n'est pas loin de l'orgasme.

Je me demande s'il va éjaculer là. J'ai mal à la mâchoire et au crâne car il continue de tirer fort sur mes cheveux, presque à les arracher.

Finalement, il s'écarte.

Je ne comprends pas.

Je ne l'entends plus.

Je ne sais pas où il est passé.

Soudain, sa bouche est sur la mienne et ses mains caressent mes seins :

— Si seulement tu pouvais te voir, tu es sublime. Je pourrais te laisser comme ça tout l'après-midi : sur la table comme le plus appétissant des buffets.

— Tu vas continuer à me torturer longtemps ?

— Tu vois ça comme de la torture ?

— Tu aimes jouer avec moi, Aaron ?

— Oui, Nicole, j'adore jouer avec toi. Mais là, j'arrête.

Je suis toujours allongée sur cette table, le temps semble s'être arrêté. Je pourrais retirer mon bandeau mais je n'ai pas envie de rompre le charme et peut-être de briser le lien fragile qu'Aaron a tissé entre nous. Je veux aller jusqu'au bout de son jeu. Après, je retournerai à l'hôtel me rafraîchir et préparer mes affaires ; je pars demain matin. C'est ce qui est prévu.

Ce qui se passe entre nous est purement physique, ce n'est rien d'autre. Rien à voir avec l'étincelle dans son regard quand il parle ou sa voix grave envoûtante. Rien à voir avec ce sentiment de sécurité que j'ai en sa présence ou le respect que j'ai pour sa franchise et sa réussite professionnelle.

Il embrasse ma cheville gauche, le choc après ces minutes d'attente me fait tressaillir violemment.

— Je vais te prendre dans mes bras Nicole.

Je sens ses bras musclés enlacer mon corps, je me blottis contre sa poitrine. Il traverse la pièce pour me déposer délicatement sur son canapé moelleux :

— Est-ce que je peux retirer le bandeau, maintenant ? demandé-je, il le retire lui-même et scrute mon visage. Je cligne des yeux aveuglés par la lumière vive du jour.

— Tu n'aimes pas être dans le noir ?

— Non, non, c'est pas ça. J'ai envie de te regarder.

Aaron me lance un sourire un peu en coin, je poursuis :

— Tu crois que tu saurais enfiler un préservatif sur cette queue et finir le boulot par ici, dis-je, l'expression de son visage à ce moment-là me fait rire.

— Tu dois en avoir marre d'attendre ta récompense, c'est vrai.

— On peut dire ça comme ça.

J'écarte les jambes pour qu'il s'installe. Il déroule son préservatif lentement, l'air très concentré. Quand son regard croise à nouveau le mien, j'y lis un désir intense.

Je suis surprise par la sensation de chaleur qui envahit ma poitrine pour cet homme. Après ce qu'il m'a fait, il ne le mérite pas ; pourtant quelque chose en lui m'émeut : son humour insolent, sa façon de prendre soin de moi même quand il me domine. Quand il s'est rendu compte qu'il avait fait une gaffe quand on parlait d'argent, sa franchise quand il a parlé de sa famille et de ses origines.

Il se penche vers moi, pose une main près de ma tête pour se stabiliser et tient son sexe de l'autre : l'atmosphère a changé. Ses gestes sont plus lents, je découvre une douceur qui n'était pas là avant. Si ça se trouve, je me raconte des histoires, je cherche peut-être quelque chose qui n'existe que dans mes fantasmes. Aaron Harrington a l'habitude de prendre ce qui lui plaît, je suis simplement l'élue de la semaine .... ou du jour plutôt. Je dois garder ça en tête, il faut que je me protège.

Je ferme les yeux, il met un temps interminable à explorer ma chatte, passe sur mon clito puis il va plus bas se plonger dans mon humidité. Son gland est brûlant et déterminé, il appuie exactement où il faut avec une pression exquise.

Il me pénètre lentement comme s'il se rappelait que je suis encore tout endolorie d'hier soir. Je suis trempée mais son sexe est tellement gros qu'il me brûle au fur et à mesure qu'il avance. J'ai posé une main sur son épaule et je suis surprise de le sentir trembler : est-ce de plaisir ou d'impatience ?

— Ça va ? murmure-t-il.

Je fais signe que oui, je ne peux répondre tellement ma gorge est serrée.

— Je vais y aller tout doucement, dit-il en se couchant sur moi et en m'embrassant, je vois bien que c'est encore sensible.

Il tient fermement mes mains au-dessus de ma tête et commence à bouger ; chaque poussée est un mélange de plaisir intense et de douleur diffuse. Ses hanches bougent ; à chaque mouvement, son sexe appuie plus haut et sur les côtés, il frotte mon clito jusqu'à ce que je me cabre sous lui. J'essaie de dégager mes mains, je l'embrasse à pleine bouche.

— Putain tu es trop bonne, grogne-t-il.

Je sens dans sa voix qu'il est au bord de l'abîme, sur le point de lâcher prise.

L'une de ses mains pince mon téton et il se relève un peu pour voir l'effet que ça me fait, ses yeux verts ressemblent à du verre poli par la mer. Je ne sais pas ce qu'il découvre dans mon regard mais il enfouit aussitôt son visage dans le creux de mon cou, m'enlace et me serre très fort.

J'adore quand il me serre dans ses bras, ce geste tendre m'a manqué. J'ai envie qu'il soit encore plus près de moi, alors je l'attire contre moi et passe mes jambes autour de sa taille ; Il s'enfonce encore plus fort maintenant. Chaque coup de boutoir me coupe le souffle. Dans la pièce immense qui résonne, on n'entend que mes hoquets et sa respiration rauque mêlés.

— Détache-moi les mains, dis-je.

J'ai besoin de sentir son corps sous mes mains, de toucher sa peau. J'ai envie que nos corps ne fassent qu'un.

Il libère mes poignets et m'embrasse langoureusement sans arrêter ses mouvements déterminés qui me poussent au bord de l'orgasme.

Les sensations se bousculent dans mon bas-ventre, du plaisir mais de la tendresse aussi. Je me méfie de mes sentiments. Dans l'acte sexuel, les femmes s'impliquent toujours plus que les hommes sur le plan émotionnel. Aaron a d'ailleurs déjà été très clair sur ce qu'il attend de notre relation.

Les mouvements d'Aaron me rapprochent de l'orgasme mais il me manque toujours quelque chose.

Sa voix :

—Parle-moi, dis-je.

J'ai besoin de ses mots au creux de l'oreille, de ses pensées parfaitement indécentes pour me caresser l'esprit.

— Chérie, c'est trop bon, souffle-t-il au creux de mon cou, ta chatte trempée, serrée autour de ma queue, je la sens se contracter, tu y es presque non ? Tu vas jouir ma chérie ? Tu vas tout me prendre ? Putain Nicole... Je veux sentir quand tu viens... Allez, donne-moi tout.

C'est le son de sa voix qui me fait exploser de plaisir ; je jouis et je le sens gonfler et vibrer en moi. Son corps se tétanise au moment où lui aussi se noie dans l'oubli. Le plaisir me submerge, j'ai la chair de poule, mes pieds sont crispés dans mes chaussures, mes jambes raides contre le canapé. Quand je reviens à la réalité, je me rends compte que je le tiens serré tout contre moi. Aaron m'embrasse dans le cou, sur le visage, puis il se redresse sur ses mains, me regarde d'en haut et son nez joue tendrement avec le mien.

— Chérie, dit-il en souriant, ça m'a fait du bien, c'est ce qu'il me fallait.

Je lui souris en retour, je me sens parfaitement heureuse, l'euphorie du sexe envahit mon esprit même si la situation actuelle est loin d'être satisfaisante...

Et puis j'entends des applaudissements.

Aaron relève brusquement la tête, les yeux rivés sur l'escalier et je l'entends jurer tout bas.

Je regarde par-dessus son épaule : il y a un homme en haut des marches :

— Beau spectacle Aaron, rien de tel qu'un peu de baise en direct pour m'exciter !

— Oh non ! dis-je le souffle coupé par le choc, en me recroquevillant sous Aaron pour cacher ma nudité.

— Dégage Robert, hurle Aaron qui se retourne vers moi les yeux écarquillés.

— Sors de là, laisse-moi, aboyé-je, les dents serrées, en le repoussant.

Je tremble de colère, je me sens humiliée. Aaron se redresse, je me précipite hors du canapé, j'attrape mes vêtements et les enfile aussi vite que possible. Je suis cramoisie, ma gorge brûle des sanglots que je ne veux surtout pas verser.

— Je ne savais pas qu'il était là, dit Aaron derrière moi, en train de remettre son caleçon.

Je n'ai pas la force de répondre. Je ne pourrai pas retenir mes larmes si j'ouvre la bouche. Et je ne veux surtout pas lui faire ce plaisir. Je viens à peine de sortir d'une période horriblement douloureuse, pas question que je replonge. Je lui en veux tellement de m'avoir exhibée ! Pourtant, je suis surtout en colère contre moi-même : comment j'ai fait pour me retrouver de nouveau dans une situation où mes sentiments vont encore en prendre un coup. Je crois que je ne suis pas encore assez forte pour continuer à supporter toutes les merdes qui déboulent sur moi chaque fois que je m'approche d'un homme.

Je prends à peine le temps de m'habiller ; j'attrape mes sacs et me précipite sur la porte.

— Nicole, ne pars pas comme ça, dit Aaron en me suivant, je suis désolé.

« Ouais, moi aussi, Aaron, moi aussi.

Puis, je sors sans me retourner.

Chapter 14

AARON

Nicole sort comme une furie, elle est en colère et gênée. Je la regarde partir sans rien pouvoir faire, je me sens stupide. Quand la porte s'est refermée, je monte les marches deux à deux pour retrouver mon frère qui se prélasse dans une causeuse sur le palier ; il fait semblant de lire un magazine.

— Qu'est-ce que tu fous là ?

— Quoi ? Je n'ai plus le droit de passer voir mon petit frère maintenant ? dit-il avec un large sourire en jetant son magazine sur le siège à côté de lui. Je dois dire que j'ai vu plus de choses que prévu. Vous m'avez bien diverti, toi et Mlle Dis-moi-des-choses. Elle aime bien quand tu es crade visiblement.

— Ta gueule, Robert ! Ce que tu as fait est inacceptable putain, tu l'as humiliée.

— En parlant d'humiliation, tu es assez doué dans ton genre aussi. Je ne t'aurais jamais imaginé en putain de pervers.

Je me passe la main sur le visage, je suis exaspéré. Mon frère est un connard curieux et qui plus est très indiscret. Je m'attends à ce que ma vie privée tombe très vite dans le domaine public. S'il ne tient pas sa langue, les rumeurs sur mes préférences sexuelles pourraient avoir des répercussions sur AHP, surtout des rumeurs recueillies auprès d'une « source fiable » ; je vois d'ici les gros titres.

Le pire c'est que ça pourrait aussi toucher Nicole.

— Rends-moi la clé de l'appart. Je veux aussi ta parole que tu ne diras rien à personne. C'est peut-être un jeu pour toi de balancer ce que tu as vu mais si ça remontait jusqu'à Nicole, ça me mettrait très en colère.

— Je ne sais quoi te répondre, dit Robert qui sourit mais avec une lueur dangereuse dans le regard, c'est bien la première fois que tu te soucies des sentiments d'une femme depuis Adrianna. Ce sont les petites culottes sexy qui te mettent dans cet état ou c'est parce qu'elle t'a laissé lui bander les yeux ?

Le nom d'Adrianna me glace le sang ; personne n'a prononcé ce nom devant moi depuis six ans, j'ai l'impression qu'on me transperce le cœur à coup de pic à glace.

— Ce n'est pas une histoire sérieuse mais ça ne veut pas dire que je ne vais pas me comporter en gentleman ; le sens du mot t'échappe peut-être Robert mais pour moi c'est important.

— Ferme-la Aaron, garde ta putain de morale. Je ne vais pas divulguer tes sales petits secrets mais je ne te rendrai pas la clé. J'aime bien avoir un pied-à-terre quand je viens dans le sud, même si ce n'est pas très souvent. En plus, si je suis reçu chaque fois comme aujourd'hui, ça vaut le coup.

— N'essaie pas de me culpabiliser, s'il te plaît Robert. Le sale petit voyeur qui a dépassé les bornes, c'est toi ! Bon, je vais prendre une douche et après, je vais essayer de réparer les dégâts.

Je me précipite dans ma chambre puis directement dans la salle de bains. J'allume la douche et retire mon caleçon d'un geste rageur. Le préservatif que j'avais enfilé pend encore sur ma queue mais mon sperme a coulé partout. C'est un vrai bordel. Je le retire et le jette dans la poubelle. Sous la douche bouillante, je me récure à fond sous le coup de l'énervement.

Nicole est partie sans que j'aie pu m'expliquer, c'est ça qui m'emmerde le plus. Je comprends sa gêne. Ce n'est pas particulièrement marrant de savoir que mon frère m'a vu cul nu en pleine action. Mais le regard de Nicole était sans équivoque : elle a cru que j'étais au courant, elle a vraiment cru que c'était un coup monté.

On en a dit des conneries sur moi ces dernières années ; à AHP, j'ai une équipe d'attachés de presse qui traque puis détruit ce genre de saletés avant qu'elles ne parviennent aux journaux. J'ai eu pas mal d'aventures avec plein de femmes mais sans jamais les faire souffrir intentionnellement. Je m'assure toujours d'abord qu'elles savent à quoi s'en tenir et en général, je les baise une fois, peut-être deux puis je passe à autre chose. Selon mon expérience, les femmes commencent à s'attacher à partir de trois fois.

Avec Nicole, je n'avais pas vraiment l'intention d'aller plus loin que nos orgasmes simultanés mais je ne n'avais aucune envie qu'elle parte de chez moi en pleurs.

Je sors de la douche, tout propre et net, je me sèche et attrape un survêt dans le placard. Une fois habillé et coiffé, je descends l'escalier en courant et récupère les clés de ma voiture la plus modeste, une Volvo XC90. J'adore la position de conduite haute, j'aime aussi passer incognito au volant d'un SUV somme toute banal. Les vitres teintées ajoutent aussi à la discrétion bien sûr. Dans le garage, je passe à côté de mes cinq autres voitures et mon regard s'attarde sur ma préférée : une McLaren F1 noire ; j'aime beaucoup la conduire mais elle est un peu trop voyante.

Il y a de la circulation sur la route de l'hôtel, ce contretemps m'agace et me rend fébrile. Quand je suis garé, je me jette hors de la voiture et traverse le hall de l'hôtel à toute vitesse. Le trajet dans l'ascenseur me paraît interminable, il atteint enfin l'étage de Nicole et je me précipite en courant dans le couloir. Mon cœur bat à tout rompre, non pas à cause de la course effrénée mais parce que je suis inquiet. Je sais que la discussion va être âpre avant qu'on arrive à aplanir les choses. Ce qui me surprend, c'est le cœur que je mets à essayer de trouver absolument une solution avec Nicole. L'expression que j'ai vue sur son visage quand elle est partie me hante, elle a été blessée.

Le premier soir au bar et plus tard dans sa chambre, j'avais lu de la tristesse dans son regard. J'avais décidé de ne pas la faire souffrir davantage dans cette période difficile qu'elle traversait. Je lui avais promis de lui faire du bien. Je lui avais aussi dit de ne pas s'inquiéter.

Robert a fait de moi un menteur.

Je m'arrête devant la porte de Nicole et respire un grand coup. Je répète dans ma tête tout ce que je veux lui dire puis je frappe.

J'attends.

Pas de réponse, aucun bruit à l'intérieur.

Je frappe encore, plus fort cette fois. Le bruit sourd résonne dans le couloir vide.

J'attends toujours.

Rien.

Je jette un coup d'œil à droite et à gauche. Je ne sais pas quoi faire maintenant.

Je n'ai pas son numéro de téléphone. Bien sûr, mon service de sécurité pourrait me le procurer facilement, mais pas avant demain. Il me le faut tout de suite. Nicole est à Atlanta pour deux jours, elle va repartir soit ce soir, soit demain matin. J'ai les moyens de mettre la main sur plein de renseignements mais les listes de passagers, c'est plus compliqué. En plus, je ne sais même pas avec quelle compagnie elle voyage. Du coup, je reprends une idée qui m'était venu quand je cherchais comment la séduire mais que j'avais laissé tomber.

Des fleurs et des excuses.

En me dirigeant vers l'ascenseur, j'appelle ma secrétaire et lui demande de faire livrer un bouquet de roses blanches à la chambre de Nicole. Je dicte à Sandrine le message à écrire sur la carte ; franchement, je me serais bien passé de cette expérience. Je n'ai pas le choix, si je veux avoir une chance de revoir Nicole avant son départ pour l'Angleterre, il faut que je sois sincère.

Je ne veux pas qu'elle parte sans lui avoir dit au revoir. Il faut que je la revoie, une seule fois, et puis je passerai à autre chose, comme d'habitude.

Je ne la baiserai plus. Je respecterai les règles que je me suis fixées mais j'ai envie de l'embrasser et surtout je veux lui présenter des excuses pour le comportement stupide de mon frère.

Je lui dois au moins ça.

Chapter 15

NICOLE

Après avoir quitté l'appart d'Aaron, je me débrouille pour trouver un taxi et je retourne à l'hôtel. J'explique à la réception que je désire changer de chambre ; cela ne pose aucun problème, je passe un étage plus haut. J'ai le sentiment qu'Aaron va tenter de venir s'excuser en personne. Je le connais assez pour savoir qu'il n'est pas du genre à laisser une femme le quitter sans essayer d'avoir le dernier mot. Il veut tout contrôler.

Je ne veux pas le revoir, d'autant qu'il est fort probable qu'il essaiera de tout faire pour regagner mes faveurs. Il a essayé de me convaincre qu'il ne savait pas que ce type - qui qu'il soit - nous regardait mais je n'en crois rien. J'ai compris qu'Aaron a des goûts très spéciaux : il aime le bondage, il a un penchant pour le sadisme et bander les yeux l'excite pas mal. Je soupçonne que le voyeurisme fait aussi partie de ses pratiques sexuelles. Peut-être l'homme en haut de l'escalier n'était-il pas censé se montrer mais je suis sûre qu'Aaron savait qu'il était là. Il m'a bandé les yeux pour que je ne m'aperçoive pas qu'on avait un public.

A l'idée que quelqu'un regardait pendant la fellation, je me sens mortifiée. Sans parler de toutes les paroles que nous avons échangées, des jeux sexuels. J'enfouis mon visage dans mes mains. Beurk.

Trois heures après mon installation, on frappe à ma porte. Je pose mon Kindle et me précipite pour regarder par le judas. Je vois un employé de l'hôtel avec un énorme bouquet de fleurs dans les bras.

J'ouvre la porte et demande à voir la carte qui est avec le bouquet ; dans l'enveloppe, il y a un message d'Aaron.

Nicole. Je ne savais pas que mon frère était là. Il habite à New York et ne m'avait pas prévenu de son passage. Je suis sincèrement désolée de t'avoir mise dans l'embarras. Je n'avais aucune intention de te faire du mal. S'il te plaît, appelle-moi avant de partir. J'ai envie de te voir si tu le veux bien. Aaron x

Je regarde fixement ces mots et les trois douzaines de roses magnifiques qu'il m'a envoyées. Elles sentent divinement bon et me rappellent le jardin de ma grand-mère. J'ai à nouveau envie de pleurer.

— Puis-je vous demander un service ? dis-je à l'employé, j'aimerais que ces fleurs soient livrées au siège d'AHP avec un message. Vous mettrez les frais de livraison sur ma facture.

— Bien sûr, répond-il en chancelant sous le poids invraisemblable de ces fleurs sublimes.

Je prends du papier à lettres de l'hôtel et des enveloppes dans la coiffeuse et m'assois au bureau près de la fenêtre. J'écris quelques mots à Aaron en espérant qu'il ne sera pas de retour au bureau avant demain – à ce moment-là, je serai partie depuis longtemps.

Le chasseur récupère le tout avec un léger haussement d'épaule et repart vers l'ascenseur. Je l'imagine expliquant au concierge que je suis complètement folle.

Je ne dors pas bien cette nuit-là même après avoir vidé la quasi-totalité du minibar, presque tout sauf le whisky. Une gorgée de whisky me rappellerait trop de souvenirs. Je ne suis pas bien, l'inquiétude me ronge à nouveau ; je repense aux erreurs passées, aux blessures. J'envisage l'avenir de manière négative, jamais plus je ne laisserai quelqu'un s'approcher de moi, j'aurai trop peur.

Je regrette d'avoir oublié pendant un instant mon bon sens, et les limites que je m'étais fixées juste pour essayer un truc un peu original. Original, tu parles, voilà où ça m'a mené.

Une blessure de plus.

Encore une déception.

Le pire c'est que maintenant je suis encore plus convaincue qu'avant que je ne pourrai plus jamais faire confiance à personne. Je suis revenue en arrière.

Sur la route de l'aéroport, je m'arrête dans un centre commercial pour acheter les tennis que j'ai promis à Maya. Le vol retour vers le Royaume-Uni me semble interminable et désespérant. Pour me changer les idées, je regarde tous les films proposés. Je sais qu'Aaron a reçu mon message maintenant. Je sais aussi que je ne le reverrai plus jamais. J'en ai décidé ainsi et d'ailleurs c'est comme ça qu'Aaron envisageait les choses dès le début lui aussi, alors pourquoi est-ce que je me sens vide ?

Chapter 16

AARON

Je ramasse le petit mot manuscrit que j'avais jeté sur mon bureau. L''écriture est nette et précise, les mots tracés avec soin, aucune colère là-dedans. C'est presque pire.

Nicole m'a renvoyé les roses que je lui ai faites livrer. J'avais espéré qu'elle m'appellerait après les avoir reçues, elle ne l'a pas fait et je suis extrêmement déçu. D'un autre côté, ça montre que je ne me suis pas trompé sur elle. Elle se fiche pas mal des fleurs et des chocolats.

Aaron

Je suis trop lasse pour jouer. Quand je t'ai rencontré, je cherchais une histoire simple mais tout est compliqué entre nous, et me fait du mal. Pourquoi ne pas nous séparer en gardant en tête que c'était sympa (enfin la plupart du temps) et puis c'est tout ? J'espère que tu trouveras quelqu'un qui aura les mêmes désirs que toi. Je ne pourrais pas t'appeler ou te voir sans souffrir encore plus, aussi j'espère que tu comprendras pourquoi je renvoie tes

"

fleurs (si je les gardais, elles finiraient à la poubelle) et pourquoi je réponds à ton message par un autre message.

Nicole.

Je reste longtemps devant la baie vitrée de mon bureau à examiner l'élégante écriture de Nicole et à analyser les mots qu'elle a écrits. Je me rends compte que la tristesse que j'ai lue dans son regard le premier soir n'était pas le fruit de mon imagination. Nicole panse des blessures et on dirait bien que notre aventure n'a fait que les rouvrir.

J'aime bien les coups d'un soir parce que je n'ai pas envie de me retrouver dans des situations de ce genre. On traîne tous des histoires, certains plus que d'autres, mais le passé ne doit pas s'inviter dans mes jeux de séduction. Si on se débrouille bien, on prend le plaisir sans les emmerdes.

Jusque-là, je m'en suis plutôt bien sorti ; c'est avec Nicole que ça a cafouillé.

Je sais que je suis injuste, je suis en colère parce qu'elle est partie sans me laisser le temps d'expliquer les choses. Je ne sais même pas si elle me croit quand je dis que je ne savais pas qu'il nous regardait baiser. Je suis en colère mais derrière cette colère pointe un regret lancinant : elle est partie. Son humour me manque, son élégance et son sourire aussi. On s'est juste croisés mais elle a réussi à percer la carapace que j'ai construite pour me protéger depuis Adrianna. Je déteste quand je ne contrôle pas tout. La dernière fois que j'ai laissé quelqu'un s'approcher de mon cœur, je suis reparti le cœur brisé et je n'ai plus jamais fait confiance à quelqu'un depuis.

Certaines blessures sont tellement profondes qu'on a l'impression qu'elles ne guériront jamais. Je dois avouer que j'en suis à ce stade.

Pourtant, j'ai confiance en Nicole. J'ai une certaine expérience des manipulateurs, des gens qui calculent à tout va, et Nicole n'en fait pas partie. Elle est partie pour se protéger, pas pour que je lui courre après ; je suis absolument certain qu'elle ne joue pas. J'ai vu la souffrance dans son regard bien avant qu'elle ne découvre mon identité, elle n'était pas feinte.

Et j'ai envie de faire disparaitre cette souffrance. Je veux que son regard brille et que le passé retombe dans l'oubli.

C'est dur pour moi de reconnaitre ça. Mais maintenant que c'est fait, il faut que j'agisse. Je déteste vivre avec des regrets, ils ont tendance à tout assombrir.

Ce ne sont pas que des mots, j'ai un seul regret et il pourrit mes relations avec les femmes depuis plus de cinq ans.

Que faire alors ?

Je peux peut-être essayer de la revoir pour discuter et tout s'arrangera. Si j'arrivais à lui présenter mes excuses et à parler avec elle de ce qui la fait souffrir, au moins je me libérerais de ce sentiment qui me ronge de l'intérieur.

Je vais faire simple.

Je demande à mon responsable de la sécurité de

trouver l'adresse de Nicole au Royaume-Uni et de lui envoyer d'autres roses et une bouteille de whisky ; je sais que ça va l'énerver mais j'espère quand même lui arracher un sourire. Je veux qu'elle ne m'oublie pas – à peine arrivée, je veux qu'elle sache que je pense toujours à elle. Elle est partie sans qu'on se dise au revoir, d'accord mais les choses ne peuvent pas en rester là. Ensuite, je dis à Sandrine de faire préparer mon jet et de demander à Goodwin - la personne qui s'occupe d'acheter mes vêtements - de déposer une valise à l'aéroport pour midi ; j'ai besoin du nécessaire pour un voyage de deux jours.

Je pars en Angleterre.

Chapter 17

NICOLE

A l'aéroport, je prends un taxi. Sur le trajet, je regarde défiler la grisaille londonienne, Atlanta la vibrante me manque déjà. Il y a des voitures garées partout dans ma rue, le chauffeur est obligé de me laisser un peu avant l'entrée de mon appartement.

Je marche sur le trottoir et c'est seulement quand je suis en vue de chez moi que je vois ce qui a été livré : trois douzaines de roses blanches, une bouteille de whisky et un message.

Avant toute chose, j'enjambe les fleurs et tout le reste, j'ouvre ma porte d'entrée et je balance ma valise dans le couloir. Puis j'attrape la bouteille de whisky et je la pose sur la console près du téléphone. Ensuite je m'occupe de ce grotesque bouquet de roses, tellement imposant qu'il a presque du mal à passer la porte. Je dépose les fleurs sublimes - mais tellement agaçantes - sur ma minuscule table de salle à manger pour deux. Enfin je récupère la carte sur le bouquet et déchire l'enveloppe pour lire le message.

J'en veux vraiment à Aaron. Pour qui il se prend ?

Qu'est-ce qui lui donne le droit de chercher ma putain d'adresse ? Ce mec n'a pas de manières et se comporte comme s'il pouvait faire absolument tout ce qu'il veut sans se préoccuper des autres.

Le message est mystérieux.

Nicole, je voulais absolument que tu reçoives ces fleurs. Leur parfum me fait penser à toi. Peut-être que celui du whisky te fera penser à moi. C'était sympa mais ça aurait pu être mieux. Je n'avais aucune intention de te faire du mal et j'en suis désolé. J'espère qu'un jour tu voudras bien me pardonner. D'ici là ...

Aaron

Quoi ? Mais merde ! Je jette la carte sur la table et me dirige en colère vers la cuisine pour faire chauffer la bouilloire ; je suis furieuse qu'il ait encore voulu avoir le dernier mot. Ce mec est exaspérant. Attablé au comptoir de la cuisine, je me prépare un thé, ça me permet de réfléchir : il y a un océan entre lui et moi, les fleurs seront fanées dans quelques jours et le whisky fera plaisir à mon père - c'est une marque réputée.

Après ça, rien - à part mes souvenirs - ne me rappellera Aaron. Je sais que ça prendra un certain temps mais même ces souvenirs s'effaceront.

Je me détends enfin sur le canapé, en buvant mon thé, j'envoie un texto à ma mère pour lui dire que je suis bien rentrée. Quand je suis partie de chez mes parents, j'ai retrouvé une certaine vie privée mais je sais que ma mère s'inquiète pour moi, même si je gagne ma vie maintenant. Il est deux heures du matin et pourtant je ne ressens pas de fatigue ; j'allume la télé et je zappe pour trouver un truc à regarder en attendant que mes yeux se ferment. L'émission que j'ai choisie n'est pas palpitante, mon regard se pose alors sur les fleurs et mon s'esprit s'envole vers Atlanta.

Je me demande ce qu'Aaron est en train de faire. Il est cinq heures de moins là-bas, il doit être en train de dîner, ou il est peut-être dans un bar, en train de siroter un whisky et de demander à une autre fille innocente d'enlever sa culotte en public. Cette idée me met en colère et, je dois l'avouer, me rend jalouse. Mes souvenirs sont encore tout frais et je vois presque la lueur dans son regard, et ses yeux qui brillent d'excitation. Je l'imagine ramener cette culotte chez lui et l'utiliser pour se masturber. Ça m'agace de penser qu'il va peut-être préférer cette culotte à la mienne.

Je suis vraiment conne.

C'était juste une aventure pendant un voyage d'affaires et tout ce que voulait Aaron c'était baiser de façon anonyme. Ok il a fini par me connaître un peu mais ça ne veut rien dire. Je me dis aussi que je n'attendais rien de cette expérience si ce n'est pour une fois faire quelque chose sans me soucier des conséquences. La jalousie n'a pas sa place dans cette histoire, surtout parce que je ne verrai plus jamais Aaron.

J'aimerais bien appeler Maya pour partager mes angoisses mais il est tard. Je sais ce qu'elle dirait : c'était une expérience sympa mais sans lendemain, maintenant passe à autre chose. Peut-être qu'elle peut t'apprendre quelque chose. J'ai du mal à me l'avouer mais - même si le sexe a été génial, tout le côté baise pour la baise ne me convient pas du tout. Je ne suis pas du genre à partager mon intimité avec quelqu'un en laissant de côté les sentiments. Je me sens vide alors que je n'ai aucune raison de ressentir cela. En quelque sorte, j'ai offert à Aaron une partie de moi-même que je ne pourrai jamais récupérer.

Je finis mon thé puis m'installe sous une couverture pour regarder la fin de l'émission. J'ai dû m'endormir parce que, quand j'ouvre les yeux, le soleil pointe à travers les jours des volets et j'entends quelqu'un frapper à la porte d'entrée.

Chapter 18

AARON

J'ai tourné et retourné cette idée dans ma tête : est-ce que ce que je fais est bien raisonnable ? D'un point de vue financier, traverser l'Atlantique est une paille pour moi. Le vol a été long mais je ne me plains pas car mon jet est très confortable. J'ai même réussi à dormir un peu pendant le vol.

Je suis un homme très occupé, j'ai beaucoup de responsabilités ; je sais que c'est Sandrine qui va avoir à gérer mon absence. Mon portable n'a pas arrêté de vibrer, j'ai répondu à un maximum de mails pendant le trajet en voiture. Mon chauffeur est un homme particulièrement silencieux, ce qui m'a permis de me concentrer. En approchant de chez Nicole, je commence à regarder le paysage autour de moi. L'Angleterre est un pays étrange avec un aménagement urbain assez spécial : les routes sont si étroites que la circulation en ville relève du miracle.

La rue de Nicole est charmante, un mélange de maisons et de petits immeubles. Lorsque la voiture s'arrête devant l'adresse que mon responsable de la sécurité nous a fourni, je découvre la petite cour en béton et la peinture qui s'écaille sur la porte d'entrée. La maison n'a pas l'air bien entretenue, comme souvent dans les locations.

Le chauffeur m'ouvre la portière et sort ma valise du coffre. Soudain, je regrette d'être arrivé directement de l'aéroport ; si j'avais d'abord déposé mes bagages à la maison, mon arrivée aurait été moins théâtrale. J'arrive avec ma valise, elle va croire que je viens m'installer chez elle. En fait, je ne voulais pas rater Nicole ; je sais que dans deux heures, elle sera au bureau. Je n'avais pas beaucoup de temps devant moi, il fallait que je sois efficace. Je me doute que mon arrivée va lui faire un choc. Je prends ma valise, j'ouvre le portail rouillé et remonte lentement l'allée en mauvais état. Il n'y a pas de sonnette alors je frappe à la porte, assez fort pour qu'elle entende.

Est-ce qu'on peut dire que je me sens un peu nerveux devant la porte de Nicole à sept heures et demie du matin ? Évidemment, même si ça me fait mal de l'admettre.

Finalement, j'entends du bruit à l'intérieur et la porte s'entrouvre, retenue par une chaine de sûreté. C'est bien, elle est prudente.

— Oui ? dit-elle d'une voix endormie qui me fait sourire.

— Tu es partie sans dire au revoir, Nicole, c'est très impoli.

J'essaie d'adopter un ton sévère mais le sourire sur mon visage me trahit.

— Merde ! bredouille-t-elle derrière la porte. Puis son visage apparaît et elle tombe nez à nez avec moi :

— Oh non ! s'écrie-t-elle d'une voix suraiguë, qu'est-ce que tu fiches là, Aaron ?

— Tu ne vas pas me croire mais je me suis posé exactement la même question.

La porte se referme et pendant un instant, je me dis qu'elle m'a claqué la porte au nez mais j'entends le bruit de la chaine qu'on détache et la porte s'ouvre brutalement. Je vois bien que Nicole sort du lit, elle est délicieuse, encore tout ensommeillée. Elle me regarde en silence, l'air furieux, les mains sur les hanches ; elle finit par hocher la tête, finalement résignée à me laisser entrer chez elle et s'écarte pour que je passe. L'accueil est plutôt glacial mais je m'y attendais.

— Je vois que tu as reçu mes cadeaux, dis-je en me tournant vers elle pendant qu'elle ferme la porte.

Elle attrape la bouteille de whisky et passe devant moi sans me regarder ; elle disparait par une porte, sûrement celle de la cuisine. Je pose ma valise dans l'entrée et lui emboîte le pas, elle est en train de far-fouiller dans le congélateur d'où elle sort un paquet de glaçons. Sa cuisine est minuscule, il y a à peine de la place pour deux personnes - elle est même plus petite que mon dressing, mais elle est propre et originale avec ses posters aux tons vifs et ses boîtes à thé et café dans des couleurs primaires. Elle a tiré le meilleur profit de cet espace qui finalement lui ressemble : lumineux, féminin et plein de peps.

Elle a versé deux bonnes doses de whisky dans des

verres bleus, elle me tend l'un des verres et descend une rasade du sien ; elle grimace quand le liquide brûle sa gorge.

— Ce n'est pas bien ce que tu fais ! dit-elle en hochant la tête, et pour plusieurs raisons. D'abord, parce que ça ne se fait pas de chercher l'adresse de quelqu'un et de se pointer comme ça. Mon adresse est privée et ce que tu fais ...c'est quasiment du harcèlement.

— Je fais ce que je veux, dis-je assez fier de moi.

L'argent donne tous les droits, bla-bla-bla. Je ne vais pas non plus culpabiliser.

— Bien sûr. Mais ça ne veut pas dire que c'est bien et surtout pas que je doive m'en réjouir.

— Non, tu as raison, dis-je, mais il fallait que je te voie pour tout t'expliquer. Tu es partie sans me laisser la chance de le faire. La façon dont les choses se sont terminées ne m'a pas plu.

— A moi, oui. C'est exactement comme ça que je voulais que ça se termine. Mais tu fais passer tes sentiments avant les miens, n'est-ce pas ?

La remarque de Nicole me surprend et je bois une gorgée de whisky en réfléchissant à ce qu'elle vient de dire. Elle a raison et je déteste ça. Je n'ai pas respecté son désir de ne plus me revoir. J'étais obsédée par mon plan et j'ai fait des milliers de kilomètres en avion pour venir ; c'était pour une bonne raison – je voulais arranger les choses entre nous, mais du coup, je me rends compte que j'ai eu tort.

Il va falloir que je prononce ces mots que je ne dis pas souvent :

— Je suis désolé.

— Wow.

Nicole finit son whisky d'un trait puis elle attrape la bouilloire et la remplit. Elle repose le verre et se tourne vers moi en hochant la tête :

— J'ai encore du mal à croire que tu as fait tout ce chemin pour me voir.

— Pourquoi ? J'ai un jet à disposition, mon entreprise peut se passer de moi un ou deux jours et puis on a des choses à régler tous les deux. J'ai absolument besoin que tout soit clair entre nous.

— Tout quoi ?

— Je voulais te dire que je ne savais absolument pas que Robert était chez moi, j'ai besoin d'être sûr que tu me croies.

Nicole ne parait pas convaincue alors je poursuis :

— Il habite à New York mais je lui ai passé une clé de mon appartement pour qu'il ait un pied-à-terre quand il vient à Atlanta. Il ne m'avait pas parlé de ses projets. J'ai découvert sa présence comme toi quand il applaudi du haut de l'escalier. Je sais que tout ce que je te dis n'efface pas ce qui s'est passé mais j'avais besoin que tu le saches et que tu me croies.

Nicole fronce les sourcils.

— Et il m'a promis qu'il ne dirait rien à personne. Je ne voulais pas que ton identité soit révélée.

— Oh merde, je n'avais même pas pensé à ça, dit-elle, horrifiée, en attrapant deux mugs.

— N'y pense plus, c'est fini, c'est du passé.

— Du passé, tu es sûr ? répond-elle en haussant les sourcils.

Je sens que Nicole a du mal à me faire confiance ; en même temps, je n'ai rien fait pour l'y aider. Je lui demande de me croire sans lui avoir prouvé que je suis digne de confiance.

— Je comprends tout à fait qu'il soit difficile pour toi de prendre ce que je dis pour argent comptant. Mais, ce que je sais, c'est que je veux m'excuser pour tout ce qui s'est passé, je n'avais aucune intention de te faire du mal.

Nicole acquiesce mais je ne sais toujours pas si elle accepte mes excuses. Elle ne dit rien mais pose les mugs sur le comptoir :

— Tu bois du thé ? Je suis incapable de le dire ! Après tout ce qu'on a fait ensemble, on ne sait presque rien l'un de l'autre.

— Je pense qu'on en sait plus que tu ne crois.

— Oui, mais je veux dire à part les trucs tordus qui n'ont pas beaucoup d'importance.

— Mais oui c'est important, dis-je d'un ton horrifié et je suis sincère, tu crois qu'arriver à une telle alchimie entre deux personnes, c'est facile ?

— Pour moi non. Mais pour toi, ça a l'air plutôt simple non ?

Je ne relève pas son impertinence ; après ce qui s'est passé dans mon appartement, je peux bien lui laisser cette petite victoire...

— Et, oui, je bois du thé. Pas de lait, ni de sucre.

Pendant que Nicole nous prépare des boissons plus en adéquation avec l'heure de la journée, je m'appuie contre le mur et l'observe avec plaisir : elle porte un legging, un tee-shirt trop grand et un gilet tout mou par-dessus. J'aime bien ces vêtement confortables, je les préfère à l'uniforme de femme d'affaires qu'elle portait à Atlanta et bizarrement, ses ongles de pied rose bonbon m'émeuvent. Elle est plus jeune que moi, mais de combien ? Je n'en ai aucune idée. Elle a raison, on ne sait presque rien l'un de l'autre ; je ne devrais pas m'en soucier mais ça me perturbe quand même.

Elle me tend un mug fleuri et je la suis dans le salon qui fait aussi office de salle à manger. La pièce est exiguë, elle contient une petite table (que mon malheureux bouquet géant fait paraitre encore plus minuscule), un canapé trois places, une table basse et une télé accrochée au mur. Des livres sont rangés dans des caisses posées sur le côté et empilées contre le mur, deux grandes plantes vertes dans les coins de la pièce complètent le tableau. C'est simple mais on s'y sent bien ; ça ressemble à un appartement d'étudiant. Evidemment un étudiant de famille ordinaire qui n'a pas de chauffeur pour l'amener à la fac et revenir le chercher, comme moi.

Nicole pose son mug sur la table basse et s'installe à un bout du canapé, elle s'assoit sur ses jambes ; moi, je reste debout près de la porte, un peu gauche.

— Tu peux t'asseoir, dit-elle en me montrant le canapé près d'elle.

C'est ce que je fais ; je suis soulagé, elle a l'air moins en colère contre moi.

— Puis-je clarifier quelques points ? dis-je en buvant une gorgée de thé bouillant.

— Quels points ? répond-elle en faisant passer une mèche de cheveux derrière son oreille.

— Eh bien, je suis à Londres pour deux jours, je sais que je me suis pointé chez toi sans prévenir mais il n'a jamais été question que je dorme ici. J'ai une maison à Kensington qui m'attend.

— D'accord.

— Et puis, je veux arranger les choses entre nous. Je sais que mon arrivée est un choc pour toi mais j'ai besoin d'être rassuré, de savoir que tu ne m'en veux plus.

Elle me regarde l'air perplexe.

— C'est si important que ça pour toi ?

Je hausse les épaules :

— Oui. Quoi que tu penses de moi, je ne cherche pas à faire souffrir les gens ; si ça m'arrive, je fais tout pour me faire pardonner.

Je me passe la main dans les cheveux, ça fait longtemps que je ne me suis pas senti si mal à l'aise :

— Tu as l'air surprise.

— Un peu oui, dit-elle en attrapant son mug, elle le tient dans ses mains comme si elle avait froid, la première nuit, tu... tu as l'air si différent maintenant.

— Je suis comme tout le monde, à chaque situation, son visage.

— Ah d'accord… donc l'autre soir, c'était le visage que tu montres quand tu es avec une femme.

— Peut-être.

— Ok et donc aujourd'hui ?

Elle sirote son thé et me regarde, le sourcil froncé.

Je me passe la main sur la figure en me posant la même question :

— J'imagine que c'est le vrai moi, répond-je avec un haussement d'épaule.

Non mais Aaron, tu t'entends là ? Je me demande si j'avais bien toute ma tête en décidant de venir ici. Je m'assois sur combien de mes principes en ce moment ; je préfère ne pas y penser.

— Et tu penses que les femmes n'aimeraient pas voir ton « vrai » visage ?

— Non, tu ne comprends pas.

— Je ne comprends pas quoi ?

— Je préfèrerais parler d'autre chose si tu veux bien, dis-je en me calant dans le canapé et en regardant l'écran noir de la télé pour ne pas croiser son regard.

— Pas de souci, dit-elle.

Je sens ses yeux sur moi, elle scrute mon visage. Ça me gêne qu'elle me voie sous mon vrai jour. C'est pour ça que d'habitude, je montre l'autre visage.

— Euh, j'imagine que t'as pas envie de baiser ?

Je me tourne vers elle avec un petit sourire en coin mais elle se contente de me lancer un regard désapprobateur.

— Bon, on dirait que non, dis-je en riant, et si on prenait le petit-déjeuner ? Est-ce que tu connais un endroit sympa où je pourrais t'amener ? Pour faire la paix.

— Je ne me suis pas changée depuis hier, répond-elle en montrant ses vêtements.

— Eh bien, prends une douche.

— Pourquoi n'irais-tu pas au Tesco Express du quartier, tu nous ramèneras de quoi déjeuner ? Pendant ce temps, je me prépare. Je n'ai pas envie de sortir, J'ai l'impression qu'on est encore en pleine nuit.

— J'y vais, dis-je en me levant d'un bond, c'est de quel côté ?

— Tu sors de la maison, tu prends à gauche puis encore à gauche au premier croisement et c'est à 5 minutes.

— D'accord, dis-je en finissant mon thé.

Je suis tout à fait capable de faire ça. Je peux faire des courses à Tesco comme un être humain ordinaire. Je ne me souviens même pas de la dernière fois où je suis allé m'acheter à manger.

Chapter 19

NICOLE

Ça fait un bout de temps qu'Aaron est parti maintenant ; j'ai eu le temps de me doucher, de me sécher les cheveux, de mettre une machine, de faire un peu de rangement et il n'est toujours pas là. Je ne sais pas pourquoi mais je m'inquiète pour lui ; l'absurdité de la situation me fait rire. C'est un adulte, merde, avec assez d'argent pour acheter toutes les maisons du quartier même, d'après Maya. Il est quand même capable d'acheter des croissants et du lait, non ? Peut-être pas en fait. Chez lui, il a un cuisinier à demeure qui fait sûrement les courses. Je me demande même si Aaron se balade avec de l'argent sur lui. A la maison, il a probablement un domestique pour s'occuper de son portefeuille.

Je ricane toute seule en imaginant un valet portant un coussin de velours rouge sur lequel trône le portefeuille, mais je jette quand même un coup d'œil dehors pour voir s'il arrive.

Pas d'Aaron en vue.

Je m'affale sur le canapé et met les infos : je les

regarde d'un œil distrait tout en réfléchissant à la situation étrange dans laquelle je me trouve. Quand je suis partie il y a trois jours, jamais je n'aurais imaginé – même dans mes rêves les plus fous, qu'un jour je serais là à attendre le retour d'un milliardaire avec un sac Tesco. J'ai l'impression d'être une Cendrillon mais pas celle du conte, plutôt une Cendrillon de la réalité, qui aurait perdu son prince et se retrouverait avec un buveur de whisky dominateur, fétichiste du bondage et qui aurait en plus des troubles de la personnalité. Je n'arrive pas à comprendre les raisons qui ont poussé Aaron à venir jusqu'ici pour s'excuser. Quand il a suggéré de baiser, il avait l'air tellement peu enthousiaste que ça m'a déconcertée.

Pourquoi est-il venu ? Bon, c'est vrai que je suis pas mal mais je n'ai rien d'une bombe sexuelle qui donnerait envie de faire neuf heures d'avion pour la rejoindre. Chez lui, il doit avoir toutes les femmes à ses pieds. Il y a sûrement plein de jolies filles à Atlanta qui sont meilleures au lit que moi et j'imagine bien qu'il en connait déjà un certain nombre.

Tout me parait étrange dans cette histoire, à la limite du grotesque presque. Il me tient à distance et en même temps se comporte comme si on était ensemble.

Je suis devant ma télé ; sur l'écran, s'enchaînent depuis cinq minutes les habituels événements déprimants qui se passent dans le monde. Soudain, on frappe à la porte.

J'ouvre et découvre Aaron sur le pas de la porte

avec deux sacs de courses à la main et derrière lui, deux ados à l'air gêné qui portent d'autres sacs.

— Je ne pouvais pas tout porter alors j'ai trouvé des bras pour m'aider, dit-il en passant devant moi.

Les garçons déposent les sacs sur le seuil puis s'en vont aussitôt.

— Tu as trouvé des bras pour t'aider ? dis-je l'air incrédule.

— Bon, disons plutôt que j'ai engagé des gens pour m'aider.

Il repasse devant moi pour récupérer les derniers sacs sans se rendre compte de l'absurdité de la situation.

— Tu les as payés combien ?

— Vingt livres chacun.

—Tu t'es fait avoir, dis-je en riant.

— Pas vraiment. J'ai bien vu qu'un bon repas ne leur ferait pas de mal ; je ne savais pas qu'Oliver Twist était encore une réalité de nos jours. Je pense que la transaction a été satisfaisante pour les deux parties.

— D'accord. Mais du coup, c'est quoi toute cette bouffe ? Tu sais que je gagne ma vie et que j'ai les moyens de me nourrir.

— J'ai acheté ce qui me faisait plaisir et, oui, je sais que tu as les moyens de te nourrir. Mais je ne savais pas ce que tu avais dans tes placards alors j'ai pris un peu de tout.

— Je vois oui, dis-je en le suivant dans la cuisine où les plans de travail disparaissent sous les victuailles, je m'en occupe.

Je commence à vider les sacs. Il y a tout pour faire un petit-déjeuner anglais et un continental ; je trouve cinq sortes de céréales, du saumon fumé, quatre sortes de viennoiseries et assez de fruits pour ouvrir un primeur. Il a acheté du lait de chaque variété, cinq parfums de jus de fruits, du yaourt brassé et même du muesli. Evidemment, il a choisi des produits de qualité. Je souris en moi-même, je me demande s'il a choisi délibérément les produits les plus chers ou si c'est inconscient. Il ferait le bonheur des psychologues.

— Bon, du coup, tu voudrais quoi pour déjeuner ? Je te propose une carte complète. Dis-moi ce qui te ferait plaisir et je te l'offre.

A peine ai-je prononcé ces mots que je me rends compte de ce que je viens de dire. Aaron me lance un grand sourire, le regard brillant de malice – aussitôt j'ai des frissons partout. Il est tellement beau que c'en est insupportable, beau et agaçant. Dangereux aussi. Je sais très bien que si je baisse la garde, Aaron me transpercera le cœur qui est déjà mal en point.

— Tu sais très bien ce qui me fait plaisir Nicole... Pour le petit déjeuner en revanche, je prendrai la même chose que toi.

— Mangeons les viennoiseries alors et les fruits rouges parce qu'ils ne vont pas se conserver. Le reste peut se garder au frigo ou au congélateur.

— Pourquoi tu ne manges pas plutôt ce qui te tente ? C'est moi qui ai payé alors ce n'est pas grave ça finit à la poubelle.

— Bien sûr que c'est grave ! dis-je d'un ton cassant.

Aaron me regarde en silence pendant quelques secondes puis acquiesce.

— Bon d'accord, les viennoiseries et les fruits rouges alors. Est-ce que je peux avoir du café avec ?

— Tu es sûr que tu ne préférerais pas un whisky après ton expédition dans les magasins ?

—Tu te crois drôle, Nicole ? répond-il avec un petit rictus qui contredit son propos.

Je m'affaire en cuisine, j'arrange notre petit déjeuner sur un joli plat ovale et je prépare le café ; Aaron est appuyé contre le mur et scrute son téléphone, les sourcils froncés.

— Tout va bien ? demandé-je

— Oui, juste quelques affaires à régler.

— J'ai le wifi si tu dois travailler.

— Merci, oui pourquoi pas. Ce n'est pas facile d'écrire sur le téléphone.

— Pas de problème. Je ne travaille pas aujourd'hui alors on peut prendre le temps.

Il a l'air satisfait de ma proposition. Je suis toujours en colère contre lui parce qu'il n'a pas respecté ma volonté et qu'il a traversé la moitié du monde sans m'avertir ; pourtant, je ne peux m'empêcher de ressentir une petite étincelle de bonheur. Une petite étincelle suffit parfois à allumer un incendie, il faut que je sois prudente.

Il faut que j'éteigne cette étincelle avant qu'elle embrase mon cœur.

En tout cas, je sais que c'est la meilleure chose à faire si je ne veux pas me mettre en danger.

On prend le petit déjeuner assis à ma petite table, on discute de tout et de rien : nos viennoiseries préférées, nos gâteaux préférés et puis les restaurants et les plats. Une conversation ordinaire, sans aucune gêne entre nous. Quand Aaron parle, il est vivant et drôle ; ce qui me touche vraiment, c'est que lui aussi m'écoute quand je parle. On dirait que tout ce que je dis l'intéresse. Jonathan, lui, avait le regard vide et m'interrompait toujours au bout d'un moment pour parler de lui, encore et toujours.

L'atmosphère de ce petit-déjeuner est totalement différente de celle du repas que nous avons partagé dans le luxe du duplex d'Aaron. Nous sommes plus détendus et la différence entre l'Aaron de Londres et celui que j'ai laissé me séduire est déconcertante.

Je crois que les gens sont un peu comme les coupes de glace : on découvre de nouveaux ingrédients au fur et à mesure qu'on enfonce la cuillère.

Je me demande ce qu'il pense de mon petit appart et de la simplicité de mon chez moi. C'est difficile d'imaginer ce que les gens pensent, surtout quand on ne connait pas grand-chose d'eux. Je sais qu'Aaron est riche et que beaucoup de femmes sont attirées par l'argent. Je ne dis pas que la sécurité financière n'est pas importante pour moi. Qui refuserait les facilités que procure l'argent ?

Mais je connais aussi les dégâts qu'il peut occasionner quand on en veut toujours plus. La famille de ma mère avait de l'argent mais a tout perdu pendant une crise économique ; son père ne s'en est jamais remis.

Je me suis donnée comme but dans la vie de trouver l'amour, même si ça peut paraitre cucul. Je veux construire une relation qui résistera à tout. Je veux vivre avec de l'amour, pas mourir riche. Ça m'attriste de penser qu'Aaron est complétement hermétique à ce qui est primordial pour moi.

A la fin du petit déjeuner, je débarrasse la table et ramène la vaisselle à la cuisine pour la laver ; il me propose d'essuyer. J'accepte mais uniquement pour voir comment il s'en sort avec un torchon ; les miens sont à fleurs, ça me fait encore plus marrer.

Pendant que je range, Aaron retourne au salon, je l'entends ouvrir sa valise. Quand j'arrive, il est assis devant son ordinateur portable :

— J'ai récupéré le code wifi sur la box, dit-il en continuant à taper sur son clavier - le parfait businessman.

Je m'assois sur le canapé et reprend mon livre sur la table basse, je m'installe pour un petit moment de calme. J'observe Aaron du coin de l'œil. On ne se connait pas vraiment et pourtant je me sens bizarrement bien, assise près de lui, nous sommes en osmose, chacun appréciant la compagnie de l'autre. Ses mains se déplacent rageusement sur le clavier et il a l'air totalement concentré. Mais quand je lève à nouveau les yeux, il est en train de me regarder. Nous sourions, gênés d'avoir été surpris par l'autre. Au bout d'environ une demi-heure, il referme son ordinateur et soupire :

— Fini pour aujourd'hui. » dit-il en faisant pivoter sa chaise.

— Ok, réponds-je, qu'est-ce que tu veux faire maintenant ?

Son regard accroche le mien, je vois ses yeux qui brillent d'une intention maligne :

— Tu ne devrais pas poser ce genre de question, Nicole. Tu n'aimeras peut-être pas forcément ma réponse ... ou alors tu l'aimeras mais tu ne voudras pas te l'avouer, répond-il.

Il hausse les épaules. Ce que je vois dans ses yeux pétillants entre tout à coup en résonnance avec des parties de moi qui feraient mieux de se calmer.

— Tu m'as dit un jour « On en revient toujours à la baise » alors il me semble que je vois très bien où tu veux en venir, réponds-je.

Aaron se met à rire et se penche en avant, les mains sur les cuisses ; il pose son regard doux sur moi :

— Entendre mes mots crus sortir de ta jolie bouche, hmmm...j'adore quand tu dis des trucs sales comme ça. Mais bon, ce n'est pas la peine de t'inquiéter pour la baise. Je me suis fixé une règle : je ne plonge jamais trois fois de suite dans le même trou donc tu ne crains rien.

— Tu t'es fixé une règle !?

J'ai du mal à croire ce que j'entends. Je ne parle même pas du caractère offensant de ce qu'il a dit ou du ridicule de ses mots - je commence à être habituée à sa grossièreté. Ce qui me déconcerte, c'est que je ne comprends pas pourquoi il a besoin de se fixer de telles limites.

— Oui, comme ça, tout le monde y trouve son compte à la fin.

— Tu crois ?

— Pas d'attaches, pas de rancune, pas de relation imprévue.

En le regardant se trémousser sur sa chaise, je découvre soudain un point faible que je n'avais pas encore décelé en lui. Pourquoi s'astreindre à de telles règles sinon pour se protéger ?

— Simplement baiser ?

— Je crois que j'ai eu une mauvaise influence sur ton langage, dit-il en un effort à peine visible pour changer de sujet.

— Putain !

Je me lève et je n'ai qu'une envie, le provoquer :

— Donc tu veux dire que si je me déshabille là devant toi et si je passe l'après-midi nue, tu ne serais pas tenté par une « troisième plongée » ?

Dans un geste de défi, je fais glisser la bretelle de mon haut.

— Je serais tenté, dit-il d'une voix rauque, mais ça ne veut pas dire que je céderais à la tentation.

J'ai du mal à croire qu'il pourrait résister mais sa détermination me montre à quel point il tient à cette règle. Tout ça m'attriste pour nous deux : nous avons souffert et nous laissons ces expériences négatives du passé assombrir notre vie actuelle.

Soudain, j'ai envie de faire quelque chose de sympa pour oublier tout ce merdier négatif :

— Bon, je crois qu'on a besoin de de se détendre un peu.

— Qu'est-ce que tu proposes ?

— On pourrait jouer les touristes ? Tu as déjà visité Londres ?

— Un peu mais pas de façon exhaustive, et puis c'était il y a longtemps.

— D'ac. On pourrait commencer par le British Museum, puis aller à la Tate Modern - on peut déjeuner au restaurant du septième étage. Ensuite pourquoi pas se balader le long de la Tamise et monter au sommet du Shard, si tu ne l'as jamais fait.

— Ça me plait beaucoup, dit-il en souriant.

Je lis un enthousiasme sincère dans son regard. Moi aussi, je suis enthousiaste. J'ai rarement le temps de profiter de la ville dans laquelle je vis ; en plus, ce sera sympa de la visiter avec un étranger qui verra tout avec un regard neuf.

— Tu veux te doucher et te changer d'abord ?

— Oui, ce serait pas mal.

Aaron se lève pour récupérer ce dont il a besoin dans sa valise et nous nous dirigeons vers la salle de bains. Je lui donne une serviette propre ; l'idée qu'il se douche dans mon appartement me paraît plus intime que la folle séance de sexe que nous avons partagée, c'est un peu ridicule. Je perds tous mes repères.

— La douche est très simple à utiliser, dis-je en l'observant entrer dans ma minuscule salle de bains, tu appuies sur le bouton rouge et normalement, ça sera à la bonne température.

— Merci, dit-il avec un large sourire, je vais peut-être fouiller dans tes placards tant que j'y suis.

— Tu risques de trouver des boîtes de tampons et des rouleaux de papier toilette, réponds-je en riant, rien de sulfureux.

— Dommage.

Il saisit la poignée et s'appuie contre elle, il a l'air tellement sexy. Un souvenir me traverse l'esprit - la première fois qu'il a écarté mes jambes et qu'il a tracé de son doigt l'ourlet de ma chatte - et je mouille directement.

— A tout à l'heure, dis-je en me retournant avant qu'il ne me voie mes joues écarlates.

Dix minutes plus tard, Aaron émerge de la salle de bains dans un nuage de vapeur au parfum voluptueux ; il pourrait faire la couverture de GQ. Ses cheveux sont différents, la coiffure est plus audacieuse, moins raisonnable ; je ne l'ai jamais vu comme ça. Il s'est habillé plus simplement aussi, il porte un jean foncé et un pull qui a l'air d'une douceur infinie. Il est pieds nus et cette vision me file des frissons dans le bas-ventre.

Je suis complétement idiote.

Je suis prête, lui presque ; il s'assoit sur le bord du canapé pour mettre ses chaussettes et ses bottes.

— On est à cinq minutes du métro, dis-je en passant mon manteau gris ample et en enfilant mes hautes bottes noires.

— Mon chauffeur est là, il peut nous y emmener.

— Ton chauffeur ? dis-je surprise.

Ça fait un bon moment qu'Aaron est chez moi,

j'imagine le pauvre homme dans la voiture depuis tout ce temps.

— Il est allé prendre son petit-déjeuner mais je lui ai envoyé un message quand j'étais dans la salle de bains. Il doit être devant la maison maintenant.

— Ah..., dis-je.

Je ne sais pas trop quoi penser ; me balader dans une voiture avec chauffeur, c'est le luxe suprême d'accord, mais la circulation dans Londres est un enfer et puis j'aime assez l'idée qu'Aaron vive la vie des gens normaux pendant une journée.

— Ça n'a pas l'air de te plaire, remarque M. Perspicace.

— Ça m'est égal. Je me disais juste qu'on pourrait prendre le métro mais si tu préfères y aller en voiture...

— Eh bien, il peut nous emmener jusqu'à la station alors. Comme ça, on coupe la poire en deux.

— Parfait, dis-je en passant mon sac en bandoulière, parée pour une journée de marche et même réjouie par l'idée, plus que je ne devrais d'ailleurs.

Chapter 20

AARON

Cette journée avec Nicole est mémorable, ça fait longtemps que je n'aie pas pris un tel plaisir.

On prend le métro – le « Tube » comme disent les Britanniques, heureusement en dehors des heures de pointe. Les couloirs sont de véritables labyrinthes et j'apprécie vraiment d'avoir une fille du cru pour me guider. On descend à la station Holborn et en direction du premier musée, comme deux amis, on marche tout près l'un de l'autre mais sans se toucher. Nicole me raconte ses visites scolaires au British Museum pour découvrir les trésors anciens qu'il renferme ; elle est sûre que je vais bien l'aimer à cause des antiquités qu'elle a vues dans mon appartement.

De l'extérieur, le musée est très impressionnant, il domine de ses colonnes et statues les foules qui se pressent pour le visiter. A l'intérieur, les collections présentent les trésors somptueux qui ont appartenu aux principales civilisations de l'Antiquité, je suis sous le charme. Nous passons pas mal de temps dans les salles égyptiennes mais la salle du Parthénon me fascine davantage, avec sa frise qui fait le tour de la pièce et les statues si parfaitement sculptées que les détails du marbre semblent plus vrais que nature, aussi sensuels que de la peau ou du tissu.

Un taxi noir nous conduit à la Tate Modern - c'est moi qui en ai eu envie. Nous passons une heure dans les salles de ce musée d'art moderne où sont exposées des œuvres toutes plus étranges les unes que les autres. Pour moi, elles n'ont aucun intérêt ; je sais de quoi j'ai l'air en disant ça. L'art moderne est fascinant : parfois il est tellement original qu'il invite à réfléchir mais je dois avouer que la plupart du temps, je n'y comprends pas grand-chose.

Nicole est plus ouverte que moi : elle aime bien les œuvres les plus absurdes mais passe aussi du temps à contempler les œuvres de Picasso et Dali. Eux, encore, j'arrive à les apprécier.

Nous prenons l'ascenseur jusqu'au dernier étage du musée. Au restaurant, nous demandons une table pour deux près des baies vitrées qui donnent sur la Tamise et la Cathédrale St Paul. J'ai bien peur que la nourriture soit quelconque mais la vue est vraiment spectaculaire, c'est pour ça que je ne vois pas d'inconvénient à déjeuner là.

Nicole est une merveilleuse guide, son enthousiasme est contagieux et j'adore son humour effronté. Elle a lorgné ostensiblement les statues de nus au musée et a gloussé comme une gamine quand il manquait les « trucs d'hommes ». J'aurais dû rester de marbre mais je n'ai pas pu m'empêcher de sourire.

Au restaurant, pourtant, elle est silencieuse.

En une journée, nous sommes passés par différentes phases. Je veux juste pouvoir retourner chez moi en sachant que tout est réglé entre nous mais rien qu'à l'idée de repartir sans elle, j'ai la boule au ventre. Je la regarde faire son geste fétiche en attendant qu'on nous serve : elle replace des mèches de cheveux derrière son oreille. C'est une fille splendide, jeune et qui a tout à apprendre mais elle dégage une certaine maturité, c'est ce qui la rend fascinante. Elle est aussi suffisamment effrontée pour m'empêcher de me reposer sur mes lauriers. C'est plus fort que moi, je repense à tout ce qu'on a fait ensemble ; bien sûr le souvenir de son corps nu est encore présent dans ma tête mais il y a bien plus que cela.

Soudain, elle interrompt mes pensées avec une question sur ma famille qui me prend de court.

— J'ai un frère et une sœur, lui réponds-je, mon frère habite à New York comme je te l'ai déjà dit et ma sœur en Californie, pas loin de chez mes parents. C'est la seule qui soit mariée, au grand dam de ma mère.

— Vous habitez loin les uns des autres, dit-elle, elle semble triste pour moi, j'habite si près de chez mes parents que je pourrais les voir tous les jours si je voulais.

— Dans certaines familles, c'est mieux de vivre éloignés, dis-je pour répondre à sa remarque empreinte de compassion. En tout cas, c'est vrai pour la mienne. Je ne supporterais pas les questions incessantes de ma mère sur ma vie privée ou les interrogatoires acharnés de mon père sur AHP. C'est encore pire depuis Adrianna – pour eux, cette histoire m'a affaibli, ce qui n'a pas arrangé les relations entre nous.

— Je trouve ça triste. J'ai tout le temps envie de voir mes parents, dit Nicole.

— Tu es jeune - je pense aux neuf ans qui nous séparent d'après mes calculs - ils n'ont pas encore eu le temps de t'énerver.

Ma blague tombe à plat.

— Toutes les familles sont différentes, rétorque Nicole prudemment comme pour éviter de me blesser.

— Oui, d'ailleurs, ils m'ont toujours soutenu financièrement et ils ont tout fait pour que je réussisse, je n'ai rien à leur reprocher.

— Ils ont fait du bon boulot, dit-elle en esquissant un petit sourire, tu es un homme bien.

Je suis bouleversé par ce qu'elle vient de dire parce que jusque-là, rien dans ma conduite ne permet d'étayer cette affirmation.

— Un homme bien, vraiment ?

— Ça te choque ?

L'arrivée du serveur avec les plats me sauve et pendant le repas, je me débrouille pour détourner la conversation de ce terrain miné – pas envie de m'appesantir sur ce que je pense de moi-même.

A la fin du repas, Nicolas se remet à poser des questions.

« Je suis peut-être curieuse ...mais la règle que tu t'imposes..., dit-elle en faisant tourner la paille dans son verre, évitant ainsi mon regard.

— Oui...

— Pourquoi l'as-tu instaurée ?

Son regard accroche le mien, il est à la fois plein de curiosité et de prudence ; elle a bien compris que ce n'est pas mon sujet de discussion préféré.

— Parce que je ne veux pas que les femmes avec qui je couche s'attachent à moi et j'ai remarqué que ça se produisait souvent si je couchais avec elle trois fois ou plus.

— Tu généralises un peu, non ? dit-elle en haussant les sourcils.

— C'est ce que j'ai constaté en tout cas.

— Donc, c'est pour ne pas les blesser ?

— Oui mais pas seulement.

J'ai l'impression qu'elle est en train de me décortiquer petit bout par petit bout et qu'elle examine tout ; je n'ai pas envie qu'elle découvre mes démons et pense le pire de moi. Je cache mes vulnérabilités dans une boîte hermétique que je ne veux même pas ouvrir (même moi) parce que j'ai trop honte.

— Donc c'est aussi pour ne pas souffrir ?

— Tu aurais dû faire psychologue, dis-je d'un ton sec en buvant une gorgée de whisky.

— Peut-être, sourit-elle, pourquoi as-tu peur de t'attacher ?

— Parce que je suis très occupé, j'ai beaucoup de responsabilité et pas mal de gens qui comptent sur moi. Je n'ai de temps pour une relation sentimentale ou toute la diplomatie complexe des relations. Les femmes ne sont pas toujours faciles à comprendre alors les histoires sans lendemain ça me va très bien.

— Hmmm, dit-elle l'air pensif, et tu ne te sens jamais seul ?

Je hausse les épaules, balayant d'un revers de main son analyse qui pourtant met le doigt où ça fait mal :

— Non, pas vraiment. J'ai plein d'amis et de connaissances et mon travail ne me laisse pas beaucoup de temps libre.

— Oui, mais une relation de couple ?

— Bah, c'est surfait, dis-je.

Je revois la dernière fois où j'ai fait l'amour avec Adrianna juste avant de découvrir le pot aux roses. Je l'ai regardée pendant qu'elle jouissait, je me rappelle l'élan d'amour et d'adoration que j'ai ressenti à ce moment-là et pour quoi ? Pour rien. C'était juste une illusion, le fruit de mon imagination et d'une confiance aveugle.

Nicole boit une longue gorgée, puis regarde dehors, son regard suit un bateau plein de touristes sur la Tamise :

— Tu sais, tu es le premier homme avec qui je couche en dehors d'une relation établie, dit-elle en me regardant dans les yeux, puis elle retourne à sa contemplation.

— Non, je ne savais pas, réponds-je.

Je suis à la fois heureux de l'apprendre et agacé d'être heureux. La vie sexuelle de Nicole avant moi ne devrait pas m'intéresser si je suis mes principes à la lettre.

Pas de sentiments, pas de regrets.

Cette règle est infaillible.

— Je pense que je ne suis pas faite pour les coups d'un soir, dit-elle.

— Techniquement, c'était deux.

— Ça ne change pas grand-chose, elle hausse les épaules à son tour et me regarde d'un air impassible.

— Pourquoi tu l'as fait alors si ça ne te ressemble pas ?

Nicole observe ses mains posées sur la table, ses doigts délicats aux ongles manucurés – je les revois quand elle avait les poignets attachés, tellement fragiles dans leurs liens.

J'ai l'impression qu'elle n'est pas sûre de ce qu'elle doit dire mais j'espère qu'elle va se confier à moi.

— Je me suis posé la question. J'ai toujours essayé de faire les choses comme il faut. Mes parents se sont rencontrés très jeunes, à seize ans, et ils s'aiment comme au premier jour. Je me suis toujours dit que je ferai comme eux alors je prends mon temps. Mon premier petit copain était sympa mais ça n'a pas duré. On n'est pas allé à la même université et il a cassé au bout de quelques mois, trop difficile de faire fonctionner une relation à distance selon lui. Le deuxième c'était à la fac et ça n'a pas marché. J'ai rencontré le dernier par l'intermédiaire d'un collègue – il se trouve que c'était un très mauvais choix.

Je hausse les sourcils, j'ai envie qu'elle en dise plus. Est-ce qu'il l'a trompée, battue, maltraitée d'une façon ou d'une autre ?

Elle reprend :

— J'ai fait tout ce qu'il fallait mais tout a foiré. Alors pour une fois, j'ai voulu faire un truc fou, pour me faire plaisir, sans me soucier des conséquences

— Mais tu n'en avais pas envie ?

Pendant un instant, elle a l'air toute timide, ses jolies lèvres sont éclairées d'un léger sourire :

— C'était super sur plein de plans mais sur le plan émotionnel, j'ai eu comme un goût d'inachevé. Quand j'ai quitté ton appartement, je me suis sentie vidée, complétement. Je ne crois pas que je pourrai recommencer, le prix à payer pour une aventure sexuelle est trop élevé pour moi.

J'ai du mal à l'écouter parler de ses fragilités, non pas parce que ça m'agace comme d'habitude avec les autres femmes mais parce que je comprends la profondeur des blessures que laisse une rupture. On se lance dans une aventure pour se faire du bien et en fin de compte, on se sent encore plus mal après. Après Adrianna, j'ai essayé de noyer mon chagrin dans l'alcool et les femmes mais plus je consommais, plus je me sentais vide à l'intérieur :

— Tout a un prix, dis-je d'un ton solennel.

— Parfois, le prix est justifié mais pas toujours.

— Si les coups d'un soir ne te conviennent pas, est-ce que tu comptes te remettre en quête d'une relation stable ?

— Je ne sais pas. Je crois que pour le moment, il vaut mieux que je m'abstienne de tout. J'ai besoin de temps pour panser mes blessures et me remettre sur pied.

— Certaines blessures ne guérissent jamais, tu sais. Il faut alors chercher un moyen de réparer et de tourner la page.

— C'est ce que tu as fait toi ? Tu t'es réparé en couchant indifféremment avec toutes les femmes d'Atlanta ?

— Chacun fait comme il peut, réponds-je en essayant d'attirer le regard du serveur, je veux payer et passer à autre chose.

Au moins pour ce qui me concerne, la conversation est terminée, nous n'avons plus rien à dire sur le sujet. Je veux partir d'ici.

Chapter 21

NICOLE

Je crois qu'Aaron a une blessure encore à vif à réparer. Après notre conversation, j'ai l'impression qu'il se replie sur lui-même. Je n'aime pas quand il est silencieux comme ça, surtout parce que je sais que c'est moi qui ai fait ressurgir des émotions anciennes. Mais franchement, je ne regrette pas de lui avoir demander ce qui le poussait à agir de cette façon. Je veux juste qu'il comprenne que la règle qu'il s'impose l'empêche juste de nouer de vraies relations. Il a beau nier avoir envie de vivre une relation sérieuse, j'ai bien vu son regard effrayé quand il en parle. Nous sommes semblables : blessés par une relation passée, nous laissons ces souvenirs avoir une influence sur notre vie présente, et pas une influence positive.

Nous décidons de ne pas monter au sommet du Shard, l'immeuble le plus haut d'Angleterre. L'atmosphère a changé, je propose alors de retourner chez moi, notamment pour qu'Aaron récupère ses affaires. Mais une fois là-bas, il entre et s'arrête dans le couloir, l'air embarrassé.

— Je fais du thé ? demandé-je, j'ai bien compris qu'il n'a pas envie de partir tout de suite malgré son chauffeur qui attend dehors.

— Du café plutôt ? Merci, dit-il en me suivant dans la cuisine. Il a l'air hésitant, mal à l'aise alors je fais la conversation. Je lui parle d'un projet qu'on m'a demandé de superviser au boulot et d'un voyage prévu avec mes copines Maya et Abbey. Quand je me retourne pour lui passer sa tasse, il est en train de me fixer avec une l'intensité folle dans le regard.

— Ça va ? lui dis-je même si je vois bien que non ; de toute façon, il n'avouera pas ce qui le tracasse.

— Oui très bien, répond-il avec un sourire forcé, en hochant légèrement la tête.

Soudain, je ressens une immense tendresse pour lui, oups danger ! Malgré sa dureté et son besoin tout contrôler, c'est un être humain vulnérable comme moi. Je pose ma tasse sur le comptoir et effleure sa joue en un geste tendre. Il prend une grande inspiration et ferme les yeux.

Quand il les rouvre, son regard brouillé est intense et avant que je puisse faire un geste, il est sur moi. Ses mains dans ma chevelure, ses lèvres sur ma bouche, son corps collé contre le mien et il me pousse en arrière, mon dos heurte violemment le plan de travail. L'intensité de son geste traduit son désespoir, son baiser est fougueux et sa bouche si avide que je reconnais le goût du sang. Tout est physique et fiévreux entre nous, bien et mal, amer et doux, plein de douleur et de désir.

Je prends son visage dans mes mains puis j'attrape ses épaules ; je sens la tension de ses muscles et la chaleur brûlante de son corps. Il me saisit sous les cuisses et me porte jusque dans ma chambre avec une précipitation frénétique qui me dit tout de son désir. Ça va au-delà du sexuel sinon il n'aurait pas transgressé sa propre règle. J'ai touché à un point sensible et réveillé un homme dont les blessures sont à vif et qui est en colère contre moi. Je sens cette colère dans la rudesse de ses gestes : il me jette sur le lit et me saisit à la taille et pince mon ventre en s'acharnant fiévreusement à dégrafer mon jean, puis il me l'enlève.

Je brûle de désir pour lui, submergée par dans mon envie folle et la noirceur de nos deux douleurs. Je veux lui donner tout ce que je peux pour apaiser sa souffrance mais je suis terrifiée aussi. Je sais qu'à chaque vêtement qu'il m'enlève, c'est un peu de ma protection qui s'en va. Quand il en aura fini avec moi, j'aurais mal partout, entre les jambes et dans le cœur. Je sais tout ça et pourtant je ne trouve pas la force de le repousser ou d'aller contre mon propre désir désespéré.

Aaron se déshabille avec la même férocité, il arrache son pull et se débarrasse de son jean et son caleçon en une seconde, il évite mon regard qui observe chacun de ses mouvements. Quand nous sommes tous les deux nus, il me retourne d'une main ferme, grimpe sur le lit et me chevauche ; je suis plaquée contre le lit. La tête dans l'édredon, je sens sa respiration saccadée ; il s'immobilise pendant quelques secondes où je me sens impuissante - j'ai l'impression que mon cœur s'arrête de battre. Puis il referme ses mains sur mes poignets, il les tient fermement et les repousse au-dessus de ma tête, l'un sur l'autre.

— Laisse-les là, souffle-t-il dans mon oreille, si tu les bouges, je m'arrête.

Ses mots ont toujours le pouvoir de me faire perdre la tête, ils me transportent vers un endroit où mes inhibitions disparaissent, un bruit blanc qui empêche tout autre son de m'atteindre. Sa main se fait délicate dans mes cheveux, elle caresse les longues mèches emmêlées dans mon cou, dans mon dos et celles qui cachent en partie mon visage. Ses doigts fermes suivent la ligne de mon cou, descendent le long de ma colonne jusqu'au creux de mes reins puis remontent sur l'arrondi de mes fesses. Il ne s'arrête pas. Il suit la fente de mes fesses jusqu'à l'endroit où je mouille, je lâche un long soupir bruyant. Pourtant, il ne fait rien à part effleurer ma peau. Je sens le lit bouger quand il pose ses mains près de mes épaules et se penche pour embrasser mon cou, puis suivre lentement avec sa langue le chemin tracé par ses doigts. Son souffle est brûlant puis froid quand il touche la trace humide laissée par sa bouche, je ne peux plus rester sage, il faut que je bouge. Quand sa langue s'approche de mon cul, je ne peux plus me retenir et commence à me tortiller dans tous les sens. Il réagit aussitôt, passe sa main sous moi et me pince un téton.

— Ne bouge pas Nicole ou tu seras punie.

J'essaye de ne plus bouger, j'attends, hors d'haleine

- j'en veux plus, quoi qu'il m'en coûte même si j'ai très peur. Je ne sais pas où il peut m'emmener. Je connais déjà l'étendue du répertoire érotique d'Aaron. Il sait ce qu'il faut faire à mon corps pour obtenir les orgasmes les plus intenses que j'ai jamais eus, même de ma main. Mais je sais aussi que je dois donner tout ce que j'ai pour me plier au degré de soumission dont il a besoin.

Il est plus doux avec mon téton maintenant, il le fait rouler sous son doigt avec délicatesse tandis que je sens son souffle brûlant sur mes omoplates et le bout de son sexe lourd entre mes cuisses. On dirait qu'il est en train de nager dans l'eau glauque de ses pensées, jouant avec mon corps tout en réalisant ce qu'il est en train de faire ;

Il est en train de transgresser sa règle numéro un.

Je me demande si, plus tard, à tête reposée, il se sentira plus mal ou mieux.

— Je te sens trembler Nicole.

Je fais non de la tête

— Mais si, souffle-t-il d'une fois sourde mais déterminée.

Je décide de ne pas le contredire. Je reste immobile parce que je sais que si je dis la vérité, si je lui dis que c'est lui tremble, alors le charme entre nous deux, qui ne tient qu'à un fil, sera brisé.

Son doigt tentateur se balade sur mon corps, de l'intérieur de mon bras tendu puis sur mes côtes jusqu'à l'arrondi de ma hanche, un doigt plein de séduction - de douces caresses avant la brutalité des mots.

— Tu aimes bien poser des questions Nicole, hein ? Tu aimes fouiller partout pour faire ressurgir des choses ? Maintenant, que tu as réussi et que tu m'as bien énervé, tu comptes faire quoi ?

Il pèse sur moi de tout son corps lourd et puissant, je me sens minuscule et totalement à sa merci.

— Rien, dis-je dans un murmure.

— Rien ? Sa bouche est collée à mon oreille, il saisit entre ses dents le lobe charnu et innocent et le mord.

La douleur m'arrache une exclamation et je fais oui de la tête ; il rit d'un air sombre.

— Pas « rien » Nicole, tu vas me donner ce que je veux, n'est-ce pas ?

Il passe sa main sous ma gorge et la serre, je sens son sexe se cabrer contre ma jambe tellement il est excité.

— Tu es une petit salope hein, ronronne-t-il, en serrant légèrement et en bougeant ses hanches, tu m'as fait transgresser ma propre règle. C'est ce que tu voulais hein ? Tu sais que je t'aurais baisée quand même si tu me l'avais demandé gentiment... ou peut-être pas.

Je secoue la tête à nouveau, sa bouche mouillée est tout contre mon cou et le mordille si fort que je laisse échapper un gémissement, je peux à peine respirer mais je m'en fous. J'ai tellement envie de lui que je suis prête à me soumettre à toutes ses volontés, même si j'adore le lien qui se crée entre nous quand je le regarde et la douceur de ses lèvres sur les miennes. Je veux le serrer fort contre moi pendant qu'il me baise. Je veux voir nos deux corps réunis une dernière fois pour engranger des souvenirs que je ressortirai plus tard quand j'irai mieux.

Il déplace ses hanches sur le côté et écarte mes jambes avec les siennes, je sens son sexe lourd glisser le long de ma cuisse et je sens la chaleur du gland sur l'endroit trempé qui n'attend que lui. Une simple poussée et il sera en moi. Une simple poussée et je jouirai sans doute tellement mon plaisir est à l'unisson de la lenteur délibérée de ses mouvements. J'adore la façon dont il maîtrise mon corps.

— Si tu ne bouges pas, je vais te prendre.

Je fais ce qu'il me dit, je retiens mon souffle, je ne bouge pas un cil,

J'attends

Encore.

La main d'Aaron se glisse sous ma hanche et l'attire à lui puis il pousse légèrement. Ça suffit pour que le bout de son sexe dur et chaud pénètre en moi mais il le retire aussitôt. La sensation à l'entrée de ma chatte est fantastique. Je mouille tellement qu'il continue à entrer et sortir facilement, son sexe glisse sur mon excitation mais il s'arrête toujours au même endroit. Je meurs d'envie d'accompagner son mouvement et de le forcer à aller plus loin mais je ne bouge pas – je sais qu'il n'attend qu'une chose, ma capitulation. Son doigt glisse sur mon clito jusqu'à mes lèvres puis il remonte - un geste d'une lenteur exaspérante.

Une caresse, une poussée, un passage de mon clito à mes lèvres et vice-versa, une poussée - tout ça au rythme alangui de sa respiration contre ma nuque.

— C'est bien, oui, dit-il en s'enfonçant un peu plus, tu fais des progrès Nicole. Tu sais maintenant ce qu'il faut faire pour obtenir ce dont tu as envie. Bordel, ta chatte est tellement chaude et serrée.

Soudain, il s'enfonce profondément, mes dents claquent sous le choc, j'attends la suite mais c'est fini ! Aaron se retire et se redresse sur ses coudes, j'ai enfin un peu d'espace pour respirer mais il m'attrape tout de suite et me fait mettre à quatre pattes. Il se tient derrière moi, immobile, ma chatte est offerte à son regard. Ses mains attrapent mon cul et malaxent mes fesses d'un geste ferme.

— Est-ce que tu as un vibromasseur Nicole ?

J'en ai un oui, caché au fond de mon tiroir à sous-vêtements, sous mes culottes spéciale règles - encore dans son emballage. Je l'ai acheté sur un coup de tête juste avant de découvrir que Jonathan me trompait et depuis je n'ai pas trop eu envie de me donner du plaisir - en tout cas pas jusqu'à ces jours-ci. Ça m'excite de penser qu'Aaron va s'en servir sur moi mais je ressens aussi une soupçon de peur qui ne fait qu'amplifier mon désir, comme chaque fois qu'il y a du sexe entre nous.

— Qu'est-ce que tu vas faire ? demandé-je calmement, la tête baissée pour que ma chevelure dissimule mon visage.

— Je vais te faire jouir, chérie. Jouir fort. C'est pas ça que tu veux ?

Je fais oui de la tête. J'ai une folle envie de jouir.

— Dis-moi où il est.

— Tiroir du haut, au fond à gauche.

— Ne bouge pas, dit-il.

Je sens le lit bouger et son pas lourd résonne sur le sol.

Je ne bouge pas d'un millimètre, je l'entends ouvrir le tiroir et fouiller.

— Pas mal la collection de culottes, dit-il en souriant mais soudain le ton change :

— Nicole, le vibro est encore emballé !

Je l'entends déchirer l'emballage puis le bruit de ses pas m'indique qu'il s'approche du lit.

— Lèche-le Nicole, je veux qu'il soit bien trempé et prêt à utiliser.

Il pousse le vibro vers moi et je le prends dans la bouche, le caoutchouc n'est pas très agréable mais je fais ce qu'il dit.

— Oui, très bien, je veux qu'il s'enfonce facilement.

Il le retire de ma bouche et je l'entends s'éloigner. Je sens le froid de l'appareil sur ma chatte, sur mes lèvres, Aaron l'appuie légèrement, en même temps il caresse ma croupe comme s'il calmait un animal nerveux.

— N'oublie pas, si tu ne bouges pas, tu auras ce que tu attends.

Il l'enfonce un peu plus loin, le froid du vibro

rencontre la chaleur de ma chair, le contraste est saisissant. Cette sensation de corps étranger en moi est assez désagréable, il est trop dur et trop gros mais je me rappelle que c'est Aaron qui le manie et qui me regarde tandis qu'il me pénètre – ça suffit presque à me faire passer par-dessus bord. En forçant un peu, il le fait entrer entièrement

— Tiens-le, m'ordonne-t-il.

Je fais ce qu'il me dit. Je glisse une main entre mes jambes pour attraper le bout du vibro, mes doigts effleurent les siens quand il le lâche.

— Vas-y, bouge-le, dit-il d'une voix sourde, j'ai envie de te voir t'enfiler avec.

J'obéis à son ordre et je sens mon visage devenir écarlate, la gêne se mélange à l'excitation, j'imagine ce qu'il voit de l'endroit où il est.

Tout est là.

Brut

C'est trop.

— Oui, continue c'est trop beau, dit-il d'une voix rauque, le souffle court, pas besoin de plus pour sentir à quel point il est excité par ce qu'il voit.

Je me risque à jeter un coup d'œil sur le côté à travers mes cheveux, le bras sur lequel je m'appuie commence à trembler d'épuisement. Il est à genoux et se branle en me regardant, son geste si brutal qu'il doit se faire mal. Ses yeux, des puits verts intenses, ne quittent pas ma main mais il finit par les lever sur moi comme s'il avait senti que je le regardais.

— Ça te plaît de me regarder, Nicole, non ? Peut-être même que je vais te laisser mater de plus près.

Il s'éloigne du bord du lit et se rapproche de ma tête, il s'agenouille devant moi sur les oreillers, li tient toujours sa queue comme une arme.

— Voyons si t'es douée pour les tâches multiples.

Le bout humide de sa queue effleure mes lèvres et instinctivement, je le lèche, emportant son goût salé sur ma langue.

— Oui, chérie, vas-y lèche et branle-toi en même temps. J'ai envie que tu jouisses avec ma queue dans ta bouche. Je veux sentir quand tu vas lâcher prise.

Je gémis, je sais qu'il le sent sur sa queue, je le laisse s'enfoncer plus profondément. Le vibro poursuit son va et vient tranquillement, j'ai trouvé le bon angle pour qu'il touche l'endroit parfait pour m'exciter et m'amener au bord de l'orgasme. Je baisse mon visage quand j'enfonce le vibro et le relève quand je le retire ; en fermant les yeux, j'imagine presque qu'Aaron me prend par devant et par derrière. Au début, il ne bouge pas mais pose une main sur ma tête, un signe de domination plus que le désir de contrôler mes mouvements. Ma mâchoire est en feu mais j'oublie vite ce désagrément quand sa queue commence à grossir dans ma bouche. Son goût est de plus en plus intense au fur et à mesure que mon plaisir grandit – chaque va et vient du jouet me rapproche de l'orgasme.

La pièce résonne de bruit de langue mouillée tandis que je nous suce tous les deux avec une frénésie qui m'était inconnue jusque-là. Je suis prête à venir et je pense qu'Aaron le sent car il commence à parler, sa bouche est pleine de mots obscènes que j'ai envie de lécher directement au sortir de ses lèvres.

— Je sens ton odeur Nicole ; tu me rends fou. Je sais que tu vas bientôt venir, alors vas-y, plus fort. Imagine que c'est ma queue qui te prend, que c'est moi qui bouge contre ton cul. Pense que je le regarde s'enfoncer en toi jusqu'à ce que tu jouisses...

Je l'imagine en train de me baiser et d'un coup, ça libère toute l'excitation emmagasinée dans ma chatte et l'expulse de mon corps et de mon esprit – je ne vois plus rien, j'ai le souffle coupé Tout ce qui est autour de moi s'efface. Je suis envahi par un plaisir mélancolique, comme une épaisse tenture de velours, il m'enveloppe de sensations confuses. J'entends vaguement du bruit et je me rends compte, au bout d'un certain temps, qu'il provient de moi. Ce son est à la fois excessif, désespéré et exubérant. J'ai toujours sa queue dans la bouche, il me semble que l'on m'a ouverte à vif. Toutes les émotions que j'étouffe depuis un bout de temps se précipitent hors de moi à grands flots pour finir en larmes silencieuses sur mes joues.

J'inspire dans un sifflement rauque, j'arrête tout et cache mon visage dans mes mains.

Je sanglote à moitié, le souffle presque coupé, Aaron ne dit pas un mot et le vibro tombe sur le lit avec un bruit sourd.

Tout ce que je craignais se produit : mes émotions à vif et moi en perte de contrôle totale.

Je dois avoir l'air d'une loque mais je ne sais pas trop ce que j'attends d'Aaron. Quand il se décide à bouger, je me dis qu'il va s'approcher de moi mais j'entends ses pas s'éloigner. Je l'entends murmurer :

— Je suis désolé.

C'est la pire chose qu'il puisse me dire. La pitié accentue la douleur des blessures à vif. Ça me fait encore plus mal parce que je sais que toute cette folie s'est produite à cause de la façon dont Aaron gère ses blessures.

Avant qu'il ne disparaisse, je l'attrape par le poignet et l'agrippe fermement :

— Putain ! Mais t'as pas honte ! dis-je, t'as pas intérêt à te barrer. Tu veux tout contrôler et tout manipuler pour ne pas te confronter à la réalité. Tu m'attaches pour que je ne te touche pas, tu ne t'impliques pas pour pouvoir partir indemne. Va te faire foutre, Aaron, si tu penses que tu peux t'en tirer comme ça.

— Nicole, dit-il avec tant de souffrance dans la voix que quelque chose se brise en moi.

Je me précipite hors du lit, je suis debout devant lui, le souffle court, il ne bouge pas.

— Tu n'as pas le droit de jouer à ça avec moi, Aaron. Pas le droit de me baiser comme exutoire à ton chagrin et tourner la page comme si rien ne s'était passé. Tu te mens à toi-même.

Je suis à la fois en colère contre lui et peinée. Ce n'est pas facile d'avoir devant soi quelqu'un qui souffre si intensément quand on est soi-même en convalescence. Voir son chagrin se refléter dans la personne en face de vous ne fait que l'accentuer jusqu'à un sentiment d'angoisse incommensurable. J'essuie mon visage plein de larmes.

— Lâche-moi, dit-il doucement en saisissant ma main qui tient toujours son poignet.

— Non, sifflé-je, je le repousse d'un geste si violent qu'il perd l'équilibre et tombe en arrière sur le lit. Il lâche ma main, par réflexe, pour essayer de se rattraper. Du coup, je libère moi aussi son poignet. Je suis debout devant lui, hors d'haleine. Je suis déchaînée et furieuse quand je me penche lentement vers lui - ma bouche est tout prêt de la sienne. Son regard scrute le mien, je lis de l'embarras dans ses yeux et comme une lueur d'espoir :

— C'est mon tour maintenant Aaron. T'as fait ce que tu as voulu. Maintenant, c'est à moi.

Je lèche sa bouche, je mordille sa lèvre supérieure puis l'autre. Il ne bouge pas, ses bras sont allongés sur le lit. Quand je me recule, je vois que ses poings sont refermés sur l'édredon comme s'il voulait s'empêcher de me toucher.

— Nicole, murmure-t-il, mon nom sonne comme un avertissement.

Il n'est pas question que je laisse un seul de ses mots m'atteindre. Je baisse les yeux sur son corps, un corps splendide que je n'ai jamais eu le droit de toucher. J'ai envie de le savourer, de prendre du plaisir. Il me semble que je le mérite bien. Je regarde ma main toucher la peau dorée de ses épaules, il se met à trembler quand elle glisse plus bas, sur le biceps puis sur son torse magnifiquement musclé, et qu'elle s'arrête près de son téton sombre et dur ; ma main trace des cercles autour de lui.

Quand je le pince d'un doigt léger, il pousse un cri étouffé mais je n'arrête pas mon geste. Au contraire, ma main poursuit son chemin sur ses abdos sculptés et se faufile jusqu'à son nombril en suivant la ligne soyeuse de ses poils. Elle ne s'arrête pas là non plus et finit sa course sensuelle sur le gland de son sexe en érection qu'elle effleure avec délicatesse.

Je pose un genou sur le lit, en appuyant bien l'intérieur de ma jambe contre sa cuisse. Je m'ouvre devant lui, son regard se pose entre mes jambes. Je m'accroche à ses épaules pour enjamber son corps et le chevaucher.

— Alors, cette fois-ci, on va changer les règles, susurré-je au creux de son oreille en collant ma chatte sur sa queue. Cette fois-ci, je prends tout ce que je veux.

— D'accord, s'exclame-t-il.

Il lèche mon cou et caresse mes cheveux qui tombent sur mes seins en rivières sombres.

— Très bien.

Je faufile ma main entre nos deux corps pour attraper sa queue et la tenir droite pour m'enfoncer dessus facilement. Je ne m'étais jamais aperçue que moi aussi j'avais ce besoin de domination en moi. Je l'amène en moi, la sensation est étrange, il n'est plus question de capituler, juste d'accueillir. Je suis trempée, une seule poussée suffit pour lier nos corps ; il s'accroche à mes hanches d'un geste ferme pour m'attirer à lui.

La douceur de sa peau sous mes mains est d'une sensualité extrême – ce contact m'a manqué pendant le sexe avec lui.

Si on est plus actif pendant l'acte sexuel, tout paraît différent. Là, je sais que j'ai ce que je veux mais soudain, je me demande ce que pense Aaron, ce qu'il ressent. Je prends son visage entre mes mains et le force à me regarder – je suis sonnée par ce que je lis dans ses yeux : de la peur et un désir intense.

Aaron a peur, il est aussi effrayé que moi.

Je commence à rouler des hanches, lentement d'abord, son visage est toujours entre mes mains, je regarde ses paupières papillonner de plaisir. Il hoche la tête légèrement comme s'il discutait avec lui-même et ne supportait pas que son corps prenne du plaisir ou que son esprit succombe à ce moment d'intimité partagée.

Mon pouce caresse ses lèvres, j'écrase mon clito contre lui. Un gémissement s'échappe de mes lèvres quand je sens sa queue s'épanouir en moi.

— Aaron, dis-je, je ne reconnais plus le son de ma voix, regarde-moi.

Il refuse d'un mouvement de tête alors je plante mes yeux dans les siens :

— Tu es trop bon, dis-je en embrassant ses lèvres, j'adore te toucher.

J'accélère le rythme de mes hanches - il gémit, me serre encore plus fort contre lui et nous fait rouler sur le lit. Je sens les draps froids contre mon dos et le corps brûlant d'Aaron sur moi. Il prend le contrôle, s'enfonce si fort que j'ai l'impression d'être soulevée. Je l'enlace et le serre fort contre moi, nos bouches se touchent, rien ne peut nous séparer. Quand il se met à trembler, je le serre plus fort, mes jambes autour de ses hanches, mon bras autour de son torse et ma main sur son visage.

— Nicole, dit-il d'une voix rauque contre ma bouche, oh putain !

Il jouit fort, son corps est secoué de spasmes, son visage grimace comme s'il souffrait. Il continue malgré tout à pousser, on dirait qu'il tient à extraire le plaisir jusqu'à la dernière goutte ou peut-être essaie-t-il de se libérer de bien plus que d'un orgasme. Sa respiration est si saccadée que j'ai de la peine pour lui :

— Ça va aller, j'essaie de le rassurer, ça va aller mon chéri, lâche-toi.

Aaron est toujours sur moi, le visage blotti au creux de mon cou, même quand il s'est détendu. La sueur refroidit sur mon corps mais je ne bouge pas non plus ; je me contente de le serrer fort dans mes bras et de lui caresser le dos. Au bout d'un moment, il finit par soulever légèrement ses hanches et sa queue se dégage de mon corps. Je sens des gouttes entre mes cuisses, j'en déduis qu'il n'a pas utilisé de préservatif. Je prends la pilule mais c'est quand même stupide. Stupide oui mais aussi tellement sexy de sentir ce qu'il a lâché dans mon corps couler doucement sur les draps.

L'une de ses mains est sur ma tête, il joue distraitement avec mes cheveux.

Nous ne parlons pas, nous restons là perdus dans nos pensées pendant quelques minutes. J'ai plein de choses à lui dire mais je ne crois pas que ce soit mon tour de parler. J'ai assez parlé pour aujourd'hui.

Je sais que j'ai des sentiments pour cet homme qui est un mélange inédit de tendresse et de force, qui ne s'engage pas pour ne pas souffrir mais qui est tellement soucieux de mes sentiments qu'il a traversé un océan pour arranger les choses entre nous. J'ai peur de retrouver ce sentiment de chagrin amer, de me réveiller chaque matin normalement puis quelques secondes après d'être submergée par cette déferlante de tristesse qui me tombe dessus comme si un barrage s'était ouvert. Je ne suis pas encore prête pour tenter l'aventure avec Aaron mais je ne peux pas repartir en arrière. J'ai pris un risque au bar de l'hôtel ce soir-là, j'avais envie d'un frisson de frivolité - mon premier coup d'un soir. Mais, je me retrouve avec ce lien qui se resserre entre nous et cet homme qui n'est visiblement pas en état de vivre une relation de couple et surtout qui n'en a pas envie.

Je suis vraiment conne d'avoir mis mon cœur en danger encore une fois.

Comme s'il lisait dans mes pensées, Aaron commence à parler tout doucement dans mon cou :

— Je suis un imbécile, Nicole. Je n'aurais jamais dû venir. Je n'aurais pas dû faire tout ça. Si je t'ai fait du mal, pardonne-moi. Sois sûre que ce n'était pas dans mes intentions. Je suis vraiment désolé, crois-moi.

Je me tourne, mes lèvres au creux de son oreille :

— Tu m'as dit un truc à Atlanta, tu sais, que j'ai choisi ce qui s'est passé, que c'était ma décision et tu avais tout à fait raison. Tu crois vraiment que je t'aurais laissé faire tout ça si je n'étais pas d'accord ? Tu crois que je n'aurais pas tenté de t'arrêter ? Je souffre et je mentirais si je disais le contraire mais c'est aussi de mon fait. Aaron, ce n'est pas juste toi. Ça a commencé bien avant notre rencontre et je sais que pour toi, c'est pareil.

Aaron bouge à nouveau sur le côté, son torse est à moitié sur moi et l'une de ses jambes musclées posée entre mes jambes. Il pose sa main sur un de mes seins et l'enlace d'un geste tendre, un geste qu'il a déjà fait. Son visage, lui, reste blotti dans mon cou.

— J'ai aimé quelqu'un, lâche-t-il difficilement comme si chaque mot lui blessait la bouche, je pensais que c'était la femme idéal mais elle m'a tellement menti qu'à la fin quand j'ai découvert ce qu'elle avait fait, j'ai été complètement déboussolé. Je ne faisais plus confiance à personne et le pire c'est peut-être que j'ai perdu toute confiance en moi. Je n'avais rien vu venir, pas eu le moindre soupçon. Depuis, dès qu'une relation se profile, je suis assailli de doutes et de questions.

— C'est de là que vient ta fameuse règle ?

— Oui.

Je passe la main dans ses cheveux en un geste d'une tendresse infinie, j'essaie de l'apaiser autant que je peux.

— Aaron, tu n'es pour rien dans toute cette histoire, tu le sais. C'est la faute de cette femme, point barre. Tu n'as vu que des choses positives chez elle, c'est tout à ton honneur, tu ne crois pas ?

— En affaire, je ne doute jamais. Quand je prends une décision, je sais que c'est la bonne. Mais dans ma vie privée, je crois que je ne pourrai plus jamais prendre le moindre risque.

— C'était quand ?

— Il y a six ans, dit-il en essayant de s'éloigner de moi. Mais je m'empresse de le serrer encore plus fort pour qu'il reste où il est. Je sais que parler le met mal à l'aise mais il a commencé et je ne veux pas qu'il s'arrête maintenant.

— Ça fait trop longtemps que tu ressasses cette blessure Aaron. Vivre c'est prendre des risques, ce n'est pas toujours simple. Mais si on ne fait rien pour s'en sortir, on finira malheureux de toute façon.

Aaron ne dit rien pendant quelques secondes, on dirait qu'il digère notre discussion. Je commence à avoir froid, la nuit tombe dans la pièce et je frissonne. Il attrape la couette et la remonte sur moi.

— Tu es une fille bien, Nicole et je suis heureux de t'avoir rencontrée.

Je me tourne vers lui, je vois d'abord son regard triste et ma gorge se serre brutalement, j'ai une énorme boule dans la gorge, je comprends que je suis en train de le perdre.

Aaron prend mon visage dans ses mains et il dépose sur mes lèvres le baiser le plus doux que j'aie jamais reçu. Il devrait avoir le goût du bonheur mais il a un arrière-goût de regrets et d'adieu. Cette fois-ci, quand il essaie de se dégager, je ne le retiens pas. Il s'assoit au bord du lit pour se rhabiller et je serre la couette contre moi. Je ne supporte pas de le voir partir alors je me recroqueville et me tourne de l'autre côté, protégée par le cocon de mes couvertures. Ses pas ne font pas de bruit sur la moquette, il s'arrête sur le seuil, peut-être pour garder une dernière image de nous ou peut-être qu'il voudrait dire quelque chose mais les mots ne sortent pas.

Je sais qu'il est train de partir, j'entends son pas lourd dans le couloir, le bruit de sa valise sur le carrelage et la porte d'entrée qu'on ouvre et qu'on referme mais je ne veux pas y croire. Une voiture démarre dans la rue. C'est seulement quand elle s'est éloignée et qu'il n'y a plus un bruit chez moi que je m'autorise à pleurer.

Chapter 22

NICOLE

Quand j'étais petite, les contes de fées ne m'intéressaient pas. Ces histoires trop simples qui se terminaient toujours bien me paraissaient trop irréelles ou hors de portées. Je préférais les histoires plus réalistes, moins lisses qui laissaient plus de place à mon imagination. Cela peut paraitre étrange mais jusqu'à Aaron, j'avais toujours cherché une relation de couple parfaite pour essayer d'être à la hauteur du couple idéal que j'avais sous les yeux : mon père et ma mère.

Quelques jours après le départ d'Aaron, je me fais inviter à dîner chez mes parents. Quand j'arrive, je les vois se lancer des regards inquiets. C'est ma tête qui leur fait peur ? Est-ce qu'ils voient que je ne vais pas bien ? Nous avalons d'énormes assiettes de spaghetti dans un silence que seule ma mère interrompt : elle me raconte par le menu les maladies et les problèmes de tous ses amis et connaissances ; à un moment, mon père l'interrompt et me demande si je vais bien.

Nous sommes proches mais aucune fille n'a envie de parler à ses parents d'une aventure qui a mal tourné. J'ai pourtant besoin de leurs conseils alors je j'inspire un grand coup et je leur demande quelque chose que je ne leur avais jamais demandé :

— Quand vous vous êtes rencontrés, vous avez su tout de suite que vous étiez faits l'un pour l'autre ?

C'est ce que j'ai toujours cru.

Après quelques secondes de silence, ils éclatent de rire tous les deux :

— Moi ce que je voyais, c'est que ta mère était très belle et qu'elle embrassait bien. Elle était aussi drôle, attentionnée et intéressante. Mais je n'ai pas su tout de suite que c'était la bonne, il m'a fallu quelques temps pour en être sûr. Réussir une relation de couple, ça demande du travail, Nicole. Ne crois pas que tu vas rencontrer un homme et réussir ta vie avec lui d'un simple claquement de doigt. Les couples sont comme les chaussures neuves : il faut les faire un peu avant qu'elles deviennent très confortables et les entretenir constamment pour qu'elles ne lâchent pas en route.

Ma mère sourit à mon père comme s'il venait de sortir le truc le plus tendre du monde :

— Ton père est un sage. Pourquoi veux-tu savoir ça, Nicky ? T'as encore des histoires avec un homme ?

Sa question m'horripile mais je continue sans me préoccuper de ce qu'elle vient de dire.

— Je ne sais pas...non pas vraiment. J'ai juste l'impression d'être à un carrefour dans ma vie.

— Et il faut que tu choisisses la bonne direction ?

— Oui, en quelque sorte.

— Si je te dis de suivre ton cœur, cela va sans doute

te paraître un peu cliché alors je ne le dirais pas, dit Maman, l'air pensif.

— Il ne faut pas écouter ses sentiments, lance Papa, il faut suivre ton instinct, Nicole. Tu es une fille intelligente, fais-toi confiance.

— Et si c'est quelqu'un qui est meurtri et ne veut pas essayer ?

— Si tu penses qu'il en vaut peine, montre-lui qu'il peut te faire confiance et que tu ne vas pas le blesser. Cela prendra du temps mais c'est comme ça qu'on construit une relation ma puce, Maman me tapote la main en souriant.

Je hoche la tête en repensant aux adieux d'Aaron : des excuses à n'en plus finir parce qu'il m'avait fait du mal alors qu'il me semblait plutôt que c'était lui qui souffrait le plus. Je l'ai poussé dans ses retranchements. Il a partagé avec moi des choses qu'il n'avait jamais dites à personne.

Je ne vais pas trahir sa confiance et en parler à mes parents ; cela n'apporterait rien de toute façon. Je décide plutôt d'aider à débarrasser et d'invoquer la fatigue du décalage horaire et mon travail pour m'éclipser plus tôt.

De retour à la maison, je prends le taureau par les cornes et appelle Maya. Ça fait presque une semaine que je suis toute seule avec mes blessures alors tout lui raconter (sauf les détails croustillants que je n'évoque pas parce que j'ai honte) a un effet cathartique.

— On est d'accord, c'est normal que j'en sois encore

à digérer le fait qu'il a pris l'avion jusqu'à Londres juste pour s'assurer que tu ne lui en voulais plus ?

— Je comprends, il m'a fallu du temps à moi aussi. Je...je l'ai pris pour un connard arrogant. Quand j'ai quitté Atlanta, il me semblait que je l'avais bien cerné : un riche playboy manipulateur qui aime bien dominer dans les jeux sexuels, mais ici, il n'a pas été du tout comme ça.

— Il était comment ?

— Je sais pas trop... gentil et tendre, attentionné. Vulnérable aussi.

— Est-ce que tu l'as cherché dans Google comme je te l'avais dit ? Fais-le si tu ne l'as pas encore fait.

— Pourquoi ? T'as trouvé quoi ?

— Je ne te dis rien, fais-le et rappelle-moi.

— D'ac, dis-je, vaguement anxieuse, je te rappelle.

Je mets cinq minutes à allumer l'ordi, je suis fébrile. Maya avait l'air bizarre au téléphone, j'ai hâte de lire ce qu'elle sait déjà. La page Wikipédia d'Aaron fait la part belle à ses réussites et fourmille de détails sur sa fortune. Sur la photo, Aaron est superbe, plus jeune, il a l'air plus insouciant aussi. Je déroule la page, je me rappelle ses yeux verts pétillant d'humour et plus sombres de désir.

Au milieu de l'article, je crois que je repère l'affaire à laquelle Maya faisait allusion : un scandale qui a ébranlé Aaron Harrington Pharmaceuticals il y a six ans.

Ce que je lis me fait frémir : victime d'une

machination, Aaron a révélé la formule d'un traitement expérimental contre le cancer avant que le brevet ne soit déposé. La perte de ce nouveau médicament a été un coup dur pour AHP, le prix des actions a plongé et Aaron a perdu tout crédit.

Je fais des recherches sur les sites d'info américains et découvre qu'une femme est impliquée dans l'histoire. Je trouve des photos d'elle avec Aaron à une soirée caritative ; elle a de longs cheveux roux et un visage magnifique, ils forment un couple d'une beauté stupéfiante. Ils étaient fiancés quand on lui a découvert un cancer - en fait, une ruse pour qu'il révèle les secrets de son entreprise - et d'après les journaux, cette nouvelle a mis Aaron dans un tel état qu'il n'a pas hésité à risquer sa réputation et l'avenir de son entreprise.

Cette erreur de jugement a eu un effet désastreux, pas tellement sur l'entreprise puisqu'elle a rebondi dans les mois qui ont suivi mais surtout pour Aaron. J'ai mal pour lui quand j'imagine le moment où il a découvert qu'il était tombé dans un guet-apens et que sa fiancée était complice. Le sentiment d'humiliation a dû être terrible et je comprends qu'il ne s'en soit pas remis.

Je sais très bien l'effet que ça fait quand on croit connaitre quelqu'un et qu'on découvre que c'est un menteur qui vous trompe. Quand on s'est engagé et qu'on vous a piétiné, j'imagine à quel point c'est effrayant d'envisager de prendre ce risque à nouveau. Pour Aaron, c'est encore pire, je n'ose même pas imaginer ce que ça fait quand tout est déballé en pub-lic et que tout le monde dans l'entreprise vous regarde avec pitié ou peut-être même avec colère. Des emplois ont été mis en danger à cause de cette affaire.

Je rappelle Maya, elle décroche tout de suite.

« Alors ? T'as lu ?

— Oui. Comment peut-on accepter d'être mêlée à un truc pareil ? Ça me dépasse.

— On l'a payée, Nicky. Des traitements comme celui-là rapportent des fortunes. Elle n'a plus de prob-lèmes d'argent maintenant.

— Ça me fait tellement de peine pour Aaron, dis-je, à chaque mot, j'ai le cœur de plus en plus serré.

— Je comprends mais tu sais, c'est un grand garçon, il va s'en remettre.

— Pourtant, il ne s'en est toujours pas remis.

— Peut-être qu'il a besoin d'aide, dit prudemment Maya

— Je sais ce que tu essaies de faire.

— Tu crois qu'un mec comme lui rencontre une fille comme toi tous les jours.

— Je viens de passer dix minutes à regarder des photos de lui avec des mannequins sublimes. Je sais avec qui il sort Maya.

— Ce n'est pas ce que je veux dire et tu le sais très bien.

— Ah bon et tu voulais dire quoi ?

— Ecoute, Nicky, tu es une fille super ; la meilleure amie qu'on puisse avoir. Tu n'as pas besoin de moi pour savoir que les femmes autour de lui sont juste là pour profiter de ce qu'il peut leur apporter : de l'argent, du prestige, la gloire peut-être. Il a un passé compliqué et des problèmes de confiance en lui incommensurables. Il est sûrement plein aux as mais il aurait de la chance d'avoir quelqu'un de loyal et de bienveillant comme toi à ses côtés, ma petite. Il le sait très bien d'ailleurs, sinon pourquoi crois-tu qu'il soit venu à Londres ?

Je soupire, bouleversée par les paroles de Maya. J'aimerais tellement qu'elle soit avec moi, je lui ferais un gros câlin, je pleurerais dans ses bras et je lui dirais que je l'aime :

— Je ne sais pas Maya, tu vois, je l'aime vraiment beaucoup mais il est parti maintenant. C'était trop dur pour lui et je ne sais pas si je dois insister.

— Et pourquoi pas ? Il l'a bien fait lui ! Il a joué le grand jeu. Il l'a peut-être fait passer pour autre chose, les plates excuses ou je ne sais quoi, n'empêche qu'il ne voulait pas te perdre c'est tout, ma grande. Si tu veux le garder, c'est à toi de jouer maintenant. Et si ça ne marche pas ou si ses problèmes sont insurmontables, au moins, tu auras essayé.

— Mais si ça marche, qu'est-ce qui va se passer ? il est à Atlanta, moi à Londres.

— Et il a un jet privé et une maison à Kensington. D'ordinaire, je ne parierais pas sur une relation longue distance mais ce n'est pas une situation ordinaire hein ?

— Non, pas vraiment.

— Que dit ton cœur ? demande Maya tout douce-ment.

— Mon père m'a dit qu'il ne fallait pas écouter ses sentiments mais plutôt suivre mon instinct.

— Ah les hommes ! se moque Maya, écoute, je vais tirer à pile ou face. Face tu oublies M. l'autoritaire et pile, tu le contactes. Qu'est-ce que t'en penses ?

— Mais... je ne peux prendre une décision comme ça, à pile ou face !

— Et pourquoi pas ? dit Maya, je l'entends fouiller dans son sac à l'autre bout, ok, j'ai trouvé une pièce de cinquante pence, je la lance et ... oh punaise !

— Quoi ? Elle est tombée comment ? dis-je soudain impatiente de savoir.

— Face, cocotte, désolée...

— Bon ben, c'est clair comme ça, dis-je, j'ai la gorge serrée d'un coup. Mon cœur s'emballe d'une façon bizarre mais je le mets sur le compte du trop plein d'émotions du moment.

— T'es déçue hein ? dit Maya, tu voulais que ça tombe sur pile parce que tu as envie de lui mais tu t'empêches d'accepter ce sentiment.

Je soupire parce que je sais qu'elle a raison. Pile, c'était le feu vert du destin et en cas d'échec, ça me dédouanait de toute responsabilité.

— C'est tombé sur pile, reprend-elle un sourire dans la voix.

— Quoi ?

— C'est tombé sur pile mais je voulais que tu sois

confrontée à tes sentiments, ma grande. Le problème c'est toi et ton besoin de tout contrôler dans la vie. Les choses ne marchent pas toujours comme on veut mais chaque fois que tu trébuches et que tu te relèves, c'est une victoire. Prends le risque, Nicky.

— Tu es vraiment trop conne, tu sais Maya, dis-je en souriant.

— Je sais mais tu m'aimes quand même.

— Bien sûr que je t'aime !

— Les copines c'est génial ! glousse-t-elle.

— Ben oui, bien sûr !

— En plus, j'ai vu un super sac que je voudrais que tu m'achètes la prochaine fois que tu vas aux USA.

— Eh ! Je ne suis pas ton acheteuse personnelle !

— Bon on va dire que tu payes ainsi mes excellents services de conseillère conjugale.

— Ok, on fait comme ça !

— Bon tu vas faire quoi alors ?

— De toute façon, je repars vendredi mais je vais dans le Rhode Island, dis-je en me souvenant que j'ai encore des tonnes de choses à préparer pour cette réunion.

— C'est loin d'Atlanta ?

— Oui, assez mais je me dis que s'il est venu jusqu'à Londres, alors prendre un vol intérieur, ce n'est pas grand-chose surtout s'il a vraiment envie de me voir.

— Tu devrais peut-être l'avertir un peu avant quand même, donne à ce pauvre homme le temps de bouleverser son agenda.

— Oh mon dieu, je vais vraiment faire ça ? dis-je

effrayé tout à coup par l'énormité de cette décision. Et s'il ne veut pas de moi ? Est-ce que mon cœur supportera un nouveau chagrin ?

— Mais oui ma grande, tu vas y arriver ! et tu sais quoi ? Ça va aller, quoi qu'il arrive.

Après avoir raccroché, je m'affale sur le canapé avec un verre de whisky, je bois une gorgée que je garde en bouche et que je fais tourner en réfléchissant à ce que je peux faire. Je peux téléphoner à Aaron au bureau, en espérant qu'il acceptera mon appel mais ça, je ne crois pas que j'aurai le courage de le faire. Si j'entends de l'agacement dans sa voix ou si je sens qu'il n'a pas envie de me parler, je vais commencer à bafouiller. En plus, je ne sais trop ce que j'ai envie de lui dire. Qu'est-ce que je peux dire ? Que je ressens de telles émotions pour lui que je ne peux pas les ignorer. Ou alors que quand il est parti, je me suis endormie en pleurant parce que nous sommes tous les deux complétement désemparés. Ou même que j'ai envie de le revoir et que j'en ai rien à faire de sa règle.

C'est déjà embrouillé dans ma tête déjà alors je ne vois pas comment je vais pouvoir lui faire passer le message. Pourquoi ne pas lui envoyer quelque chose. Il a commencé le grand jeu avec l'envoi de fleurs à mon hôtel alors peut-être que ça marcherait aussi avec lui ? Mais en fait, ça aussi, ça me parait foireux.

Mais putain qu'est-ce qu'on peut offrir à un homme qui peut tout acheter ? Rien dans mon budget en tout cas. Il commence à se faire tard alors j'appelle Maya pour lui demander son avis. Elle me suggère de lui envoyer un mail mais en faisant en sorte qu'il se sente en position de force :

— Les hommes, dit-elle, aiment sentir qu'ils dirigent, même si ce n'est qu'une illusion.

Du coup, je me crée une nouvelle adresse électronique et je récupère l'adresse d'Aaron sur un mail d'Holden, mon contact chez AHP, puis j'envoie un message qui, je l'espère, sera assez clair sans faire trop de rentre-dedans.

Dans trois jours, je m'envole vers le Rhode Island ; j'ai trois jours pour préparer ce que je vais lui dire s'il vient me voir. Il faut que je patiente pour savoir s'il enfreint à nouveau sa règle et décide de venir me voir.

Les trois jours les plus longs de ma vie.

Chapter 23

AARON

Je suis de retour à Atlanta, assis à mon bureau qui est d'habitude l'endroit que je préfère mais aujourd'hui mon esprit est ailleurs. Je suis au radar depuis une semaine, depuis que j'ai quitté le petit appartement de Nicole avec son parfum sur mon corps et ses mains sur mon cœur.

Putain. Je n'arrive à rien.

Je suis en train de mourir à petit feu. Je perds la tête, petit à petit.

Et je suis en colère, je m'en veux de m'être laissé prendre au piège.

Putain mais à quoi ça sert d'instaurer des règles si je ne peux pas m'empêcher de les transgresser ?

Sandrine me regarde avec des yeux pleins de pitié et ça, ça m'emmerde aussi. Je vois bien que je suis un connard mal luné mais c'est plus fort que moi, je fais la tête et je suis agressif. Le travail s'accumule mais je ne fais rien d'autre que regarder dehors, et mon esprit lui se balade bien au-delà de la vue.

J'ai envie de savoir ce que fait Nicole. Je regarde ma

montre, je calcule le décalage horaire. Quand je suis en train de déjeuner, je me demande ce qu'elle mange au diner. Quand je me réveille au milieu de la nuit, perturbé, j'imagine qu'elle va boire un verre avec une autre homme qui, lui, n'a pas de ridicules problèmes de confiance et un passé compliqué comme moi. Quelqu'un qui peut lui offrir ce dont elle a besoin. L'idée qu'un autre puisse la touche déclenche en moi des envies de violence.

Putain ! Il faut que j'arrive à l'oublier. J'ai besoin d'oublier tout ce que j'ai vécu avec elle, il faut que je reprenne ma vie d'avant. Il faut que je me noie dans du sexe sans lendemain, qui ne déclenche rien sauf des orgasmes flamboyants. Le problème c'est que je ne suis même pas assez motivé pour reprendre cette vie.

Je sors ma flasque de whisky de la poche et avale une gorgée qui me laisse un goût étrange en bouche. Même mon alcool préféré me fait penser à Nicole.

J'ouvre ma boite mail, je me dis que vérifier mes nouveaux mails va me permettre de tuer le temps sans avoir à trop besoin de me concentrer. Il y a environ cinquante mails, je sais que Sandrine les a filtrés pour ne laisser que ceux qu'elle juge importants. Je commence par le plus récent, je lis, j'archive ou je détruis. Au bout d'une vingtaine de mails, un nom d'expéditeur m'interpelle : Whisky Rose. Mon cœur s'accélère, ça ne peut être qu'une coïncidence : quelque part, quelqu'un a comme nom les deux choses qui me rappellent le plus Nicole. Il n'y a pas d'objet alors je me précipite pour l'ouvrir. Je suis idiot d'espérer qu'il vient d'elle. Je me sens stupide de vouloir absolument qu'il soit d'elle, avec une telle intensité mais aussi un frisson de peur qui ne m'est que trop familier.

De : Whisky Rose

À : Aaron Harrington

On dit que les règles sont faites pour être transgressées.

Je serai dans le Rhode Island vendredi, au Providence Marquis.

Nous avons transgressé ta règle une fois.

J'ai envie que tu le fasses à nouveau.

Je serai là-bas.

Et toi ?

J'ai passé la dernière semaine à me consumer de désir pour elle et là, elle vient aux USA. Elle veut que j'enfreigne ma règle malgré tout ce qu'elle sait. Elle n'a pas compris que c'est impossible ? Est-ce qu'elle ne peut pas me foutre la paix ? Je prends une longue inspiration et j'expire fort. J'ai trois jours pour décider de ce que je vais faire. Encore trois jours à me torturer.

Chapter 24

NICOLE

Les règles sont faites pour être transgressées, c'est ce qu'a écrit Nicole dans son mail. Je l'imprime et le ramène à la maison, comme ça, je pourrai le relire au lit, à tête reposée.

Son message est clair et concis mais j'y perçois des sous-entendus. Je me raconte peut-être des histoires, pourtant je me rappelle très bien la dernière fois qu'on a baisé : l'émotion que j'ai vu dans son regard, l'émotion aussi dans sa voix. La façon dont elle m'a serré fort et calmé. Ça fait tellement longtemps que je n'ai pas ressenti autre chose que l'envie de baiser, le désir dans un rapport sexuel. On dirait qu'elle tient à moi et ça me terrifie.

Ça me plait aussi.

Son mail me laisse le choix, la suite dépend de moi. Ça m'encourage. Je lis la phrase qui commence par « Je veux que tu... » et je frissonne. J'ai tellement envie d'elle que j'ai une douleur dans la poitrine qui m'étreint. Je suis allongé dans mon lit, dans l'obscurité totale et je pose la main sur mon cœur. Je ne veux plus ressentir ce vide. J'enfonce mes doigts dans les muscles de mon torse, assez fort pour laisser la trace en demi-lune de mes ongles et j'accueille la douleur aigue avec soulagement.

Les mots de Nicole tournent dans ma tête : « J'y serai Aaron. Et toi ? »

Je n'en sais absolument rien. Aller dans le Rhode Island est une sinécure, rien de plus facile. Je n'ai rien sur mon agenda dont Sandrine ne puisse me débarrasser en prétextant une urgence.

Je m'imagine rejoindre Nicole dans sa chambre d'hôtel et la revoir : sa bouche tendre, sa longue chevelure soyeuse au parfum de vanille et ses yeux qui me sourient. Je l'attacherai au lit et je la lècherai jusqu'à ce qu'elle me supplie de la laisser jouir, jusqu'à sentir son humidité sur mon menton et la voir couler sur le lit. Je veux voir son corps céder à l'orgasme et sa chatte frémir de plaisir. J'ai senti sa chatte autour de ma queue comme une main qui masturberait en rythme, une main douce et sexy.

Ma queue est dure comme une barre de fer ; ma main quitte mon torse, passe sur mon ventre et se pose sur la bosse qui palpite dans mon caleçon puis la branle. Ce n'est pas ma main qu'elle attend, c'est Nicole qu'elle veut !

Dans ma table de nuit, j'attrape la culotte rose que Nicole m'avait subrepticement glissé dans la main au bar de l'hôtel. Elle est toute fine, un mélange redoutable d'innocence et d'audace. Elle était mouillée quand je l'ai eu dans la main et me rendre compte que Nicole était à ce point excitée m'avait rendu fou. Je l'approche de mon visage et respire l'odeur douce de Nicole, je me masturbe lentement. Son odeur augmente mon excitation, ce sont peut-être les phéromones ou quelque chose de ce genre. J'adore son odeur.

Je suis vite au bord de l'orgasme mais ce plaisir est vide de sens, comme si je regardais un gâteau sans pouvoir le manger. Je me force à penser à notre premier rapport sexuel parce qu'à ce moment-là c'était totalement impersonnel. Je n'ai pas envie de me faire jouir en repensant aux tendres moments que nous avons partagés avant mon départ de Londres. Ce serait comme les trahir. Je viens en jets épais sur mon ventre, puis je retire mon caleçon pour me nettoyer et je vais prendre une douche à contrecœur.

Pendant la douche, j'envisage de ne pas aller dans le Rhode Island. Avant de recevoir son mail, la situation était déjà compliquée ; je savais que je l'avais laissé là-bas et qu'elle était sûrement en colère contre moi. Maintenant qu'elle a fait savoir qu'elle veut plus, est-ce que je peux décemment rester à Atlanta et travailler normalement en sachant qu'elle m'attend ? Je l'imagine assise dans sa chambre, les yeux rivés sur sa montre et j'ai le cœur serré.

Je ne veux ni la décevoir, ni la traumatiser.

Pourtant, c'est peut-être mieux pour tous les deux d'être déçus maintenant et de moins souffrir plus tard. Je pourrais répondre à Nicole, lui dire que ça ne pourra jamais marcher entre nous et lui souhaiter bonne chance. Je peux fuir la première relation que j'aie avec une femme depuis longtemps. Je peux respecter ma règle, tenir tout le monde à distance et ne plus jamais être blessé.

Je me sèche vigoureusement comme si je pouvais éliminer les doutes et les regrets à coup de serviette ; ensuite je me regarde dans le miroir. Celui que je vois dans le miroir m'examine le regard vide, exactement ce que je ressens à l'intérieur. En quelques mois, des rides sont apparues autour de mes yeux et quelques mèches blanches dans mes cheveux - j'ai l'air plus mûr. J'ai l'apparence d'un homme mais à l'intérieur je me sens aussi démuni qu'un ado. On dirait que la trahison d'Adrianna a complètement bouleversé ma maturité affective et que je suis incapable d'aller de l'avant.

Je masse la peau autour de ma bouche, la barbe de trois jours râpe mes doigts – j'essaie de m'imaginer plus âgé avec des cheveux poivre et sel et des rides plus profondes. A quoi ressemblerait ma vie si je décidais de ne pas avancer ? Les célibataires dans la quarantaine ne sont plus considérés comme célibataires par choix, mais plutôt comme d'éternels playboys ou des pauvres types qui ont du mal à s'engager. Et quel est le con qui a envie d'être le seul mec sans enfant à qui passer le flambeau ? Pas moi.

Il faut que je me bouge le cul !

Le lendemain matin, j'ai un conseil d'administration et ensuite un rapport de gestion. AHP se porte bien. Pendant les six dernières années, ma vie a tourné autour du travail et la réussite est primordiale pour moi. Mais, pour la première fois, cette réussite n'a pas de sens parce que je me rends compte que je n'ai personne - de ma famille ou un ami, avec qui partager les succès de l'entreprise. J'ai inventé ma règle pour tenir à distance toute relation mais je trouve que c'est idiot de posséder tant de choses et de ne pas pouvoir les partager avec un être cher.

De retour dans mon bureau, je cherche le profil LinkedIn de Nicole et je regarde sa photo. Mes mains brûlent de décrocher le téléphone mais je n'ai pas son numéro. Elle m'observe depuis l'écran, pensive et je m'imagine partager les bonnes nouvelles avec elle. Je sais que ça l'intéresserait et qu'elle poserait des questions pertinentes. Elle est intelligente, elle a le sens des affaires et ne craint pas dire ce qu'elle pense. Je suis étonné d'avoir remarqué ces traits de caractères chez elle et de découvrir qu'ils sont importants pour moi. Ces dernières années, seules les apparences m'intéressaient alors ce changement dans mon état d'esprit est pour le moins étonnant.

Au milieu de la matinée, Robert m'appelle sur mon portable. On ne s'est pas reparlé depuis ses applaudissements qui ont provoqué le départ de Nicole.

— Salut frérot, dit-il d'un ton enjoué.

— Robert, réponds-je froidement.

— Hé, t'es quand même pas encore fâché parce que j'ai regardé ta partie de jambes en l'air avec la fille anglaise ? dit-il en riant, comme toujours depuis qu'on est petits. Nos parents ont toujours encouragé la rivalité entre nous.

— C'est normal, non ? dis-je calmement pour qu'il ne sente pas mon agacement, ce serait pire.

— J'ai parlé à Maman, elle m'a dit que tu es allé à Londres. Est-ce que c'était pour voir Mlle Soumise.

— Putain Robert, ne l'appelle pas comme ça !

— Ah ben j'ai raison. Mec, tu dois l'avoir dans la peau pour aller jusqu'à Londres pour te la taper. Y a pas assez de chattes locales à ton goût ?

— Toute une éducation payée par les parents ! Non, mais tu t'es entendu ?

— Ecoute Aaron, je ne t'appelle pas pour que tu m'insultes.

— Alors, arrête de me gonfler.

— C'est moins drôle ! Sinon, t'es vraiment allé la voir à Londres ?

— Ben oui faut croire.

— Et... ?

Je repense à la fantastique journée que nous avons passé ensemble. Bien sûr le sexe a été flamboyant mais le moment que j'ai préféré, c'est quand j'ai joui en elle alors qu'elle me serrait fort dans ses bras et me murmurait des mots apaisants à l'oreille. Tout était parfait jusqu'à mon départ tonitruant – j'en ai honte.

— C'était bien, dis-je sur un ton qui ne correspond pas à mes mots, mais Robert ne remarque rien.

— Mince ! On dirait que tu penses vraiment à abandonner ta carrière de playboy !

— Je ne sais pas Robert. Je ne sais pas ce que je fous. Le truc c'est qu'elle est différente.

— Ah le fameux, elle est « différente ».

— Oui, dis-je en riant, je sais, « différente » rime avec danger.

— La vie est pleine de dangers, dit-il soudain grave, et je grimace en repensant au merdier qu'il a traversé dans sa vie lui aussi. Chez les Harrington, les hommes ont souvent des histoires d'amour compliquées.

— Et toi, ça va ? demandé-je en me rappelant que c'est lui qui a appelé.

— Oui, ab-so-lu-ment, répond-il en exagérant son enthousiasme.

— Au fait, t'appelles pour quoi ?

— Je sais pas, je voulais juste causer.

Je l'imagine en train de hausser les épaules et de se frotter les cheveux au-dessus de l'oreille, ce qu'il fait toujours quand il est stressé. Il est loin et je n'aime pas ça. Je sais d'expérience qu'être seul quand on ne va pas bien peut être dangereux. On peut facilement céder à des tentations qui ne vous feront aucun bien à long terme.

— Tu tombes bien, je suis toujours prêt à causer. Je serai peut-être dans le Rhode Island vendredi. T'es libre ce week-end si je passe à New York ?

— Ouais, samedi ou dimanche ?

— Peut-être dimanche, je te dirai.

— D'accord ... et Aaron, tu devrais tenter le coup avec cette fille si tu l'aimes bien.

— Ah mais je croyais que la vie était pleine de dangers.

— Ta gueule Aaron ! Elle est pleine de dangers mais trop courte aussi.

— Oui tu as raison, dis-je en repensant à la copine de Robert qui était si jeune, je t'appelle, d'accord ?

— D'ac frérot, dit-il et il raccroche.

Chapter 25

NICOLE

En arrivant à l'aéroport, je suis vraiment trop nerveuse, j'ai les mains moites et je serre la poignée de ma valise à roulettes comme une forcenée, c'en est presque ridicule. Ce n'est pas comme si j'allais aux USA juste pour voir Aaron et pourtant... Je ne sais même pas encore s'il va venir à l'hôtel comme je le lui ai suggéré.

Mon entreprise a eu des remords de m'envoyer deux fois outre-Atlantique en si peu de temps, alors ils m'ont réservé un billet en première classe sur Virgin. Maintenant je comprends pourquoi les riches paient plus pour ce service. Qui n'apprécierait pas qu'on vienne le chercher devant chez lui avec voiture de luxe et chauffeur ou d'avoir un accès privilégié à l'aéroport, de passer la sécurité comme une fleur grâce à un couloir dédié et puis d'être dirigée vers le salon le plus chic qu'on ait jamais vu ? J'en profite pour passer chez le coiffeur me faire couper les cheveux et coiffer, ça fait aussi partie du service offert. J'ai même le temps de savourer un déjeuner arrosé de champagne.

Après avoir été dorlotée de cette façon, je devrais être détendue mais je suis sur les nerfs, la douleur d'être rejeté m'étreint alors que rien ne s'est encore passé.

La dernière fois que je l'ai appelée, Maya était en colère contre moi. Elle m'a dit qu'on ne peut pas tout contrôler dans la vie, qu'il faut apprendre à accepter que quoi qu'il arrive c'est pour le mieux au final. J'essaie de positiver en regardant les avions décoller sur la piste dehors. Je m'imagine assise dans ma chambre d'hôtel en train d'apprécier un whisky et soudain la porte s'ouvre. Aaron entre dans ma chambre, l'air songeur mais heureux de me voir. Il se penche vers moi et m'embrasse tendrement.

C'est un joli rêve mais qui me semble bien loin de la réalité. L'histoire entre Aaron et moi est loin d'être aussi limpide ; elle est brouillonne, douloureuse et fragile.

Je voyage de jour alors je n'ai que faire du fauteuil-lit mais je profite bien de l'espace privatif qui m'est offert ainsi que de mon système audio-visuel personnel qui propose une bonne sélection de films. J'apprécie aussi la configuration des lieux : personne n'est assis près de moi, je n'aurai donc pas à faire la conversation. Quand je suis préoccupée, j'ai besoin de me concentrer sur ce qui se passe dans ma tête sans être interrompue.

Une fois arrivée à Boston, je prends la correspondance pour Providence. J'arrive à l'heure prévue à l'aéroport ; l'entreprise avec qui je suis en affaire m'a envoyé une voiture. Le chauffeur est un homme imposant au visage rond et souriant qui m'attend avec un panneau sur lequel est écrit mon nom.

Il insiste pour tirer ma valise alors que je peux très bien le faire moi-même. En fait, je suis bien contente qu'il le propose parce que j'ai l'impression que le voyage m'a lessivée. Je suis à bout de souffle rien que d'avoir soulevé ma valise et mon cœur bat à tout rompre comme si je venais de terminer un sprint. Il va falloir que j'aille à la salle de sports plus souvent pour me remettre en forme. Je m'installe sur la banquette arrière de la voiture, direction l'hôtel ; ici, c'est l'après-midi mais à Londres c'est le soir alors j'étouffe un bâillement et ferme les yeux, éblouie par le soleil. Ma réunion est demain matin ; tout de suite après le déjeuner, je reviendrai à l'hôtel pour attendre Aaron. J'ai réfléchi à ce que j'allais laisser à la réception pour lui et aux vêtements que je porterai. Le fait de tout planifier m'a un peu calmée mais à peine ai-je ouvert la porte de ma chambre que j'ai à nouveau des nuées de papillons anxieux dans le ventre.

Jessie m'appelle à son arrivée à l'hôtel. Elle est venue toute seule parce qu'elle ne fait que passer et Abbey aurait été trop fatiguée du voyage pour profiter de la visite.

Je retrouve ma cousine au bar de l'hôtel ; un frisson descend le long de mon colonne vertébrale quand je me rends compte qu'il ressemble étrangement à celui d'Atlanta. Il n'y a pas si longtemps, j'étais assise dans une autre alcôve avec un homme qui a très vite réussi à prendre possession de mon corps et de mon cœur.

— Nicole !

Jessie me fait de grands signes, elle a l'air heureuse de me voir. Devant elle, se trouve une bouteille de vin dans un seau en argent rempli de glaçons et deux grands verres. Son brushing est parfait et elle porte des vêtements de marque. C'est une version sophistiquée de ma cousine.

— Jessie, wow, tu es magnifique.

Nous nous enlaçons, ça me fait du bien d'embrasser quelqu'un de ma famille. Elle porte un parfum cher mais qui me semble étrangement familier.

— J'ai commandé du vin, dit-elle tout sourire ; nous nous installons sur la banquette.

— Je vois ça.

Elle me sert un verre, enfin un tiers de la bouteille. Il va falloir que je fasse attention ce soir.

— Au fait, elle est quand ta réunion ?

— Demain matin, dis-je, je crois que je vais avoir du mal avec le décalage horaire cette fois-ci.

— Oui, ça doit être difficile quand on doit faire bonne impression.

C'est vrai. Après un long vol, le plus dur c'est de s'empêcher de bailler :

— Je vais me débrouiller avec du café. Comment vont Abbey et Ryan ?

Son sourire s'élargit quand je lui parle de sa petite famille :

— Ils sont en pleine forme. Abbey adore l'école maternelle et Ryan commence à mieux concilier travail et vie privée. Tout va bien. Ça me fait tellement drôle de pouvoir dire ça.

Je pose ma main sur la sienne :

— Je sais, ma puce, tu dois être tellement soulagée.

— Tu n'imagines même pas. Parfois, je me retourne sur les années qui viennent de s'écouler et je ne comprends même pas comment ça a pu se passer. Il me semblait que je savais où j'en étais. Tout était parti en vrille et il fallait que je recolle les morceaux de ma vie. J'ai tout pris comme une punition.

— Tu ne méritais en aucune façon d'être puni, dis-je vivement, ce n'était absolument pas de ta faute.

— Maintenant je le sais mais à ce moment-là, je n'avais pas de recul sur moi, ma situation, ce n'était pas si simple. Je faisais profil bas.

— Et puis Ryan est arrivé sur son beau cheval blanc.

J'imagine bien le conte de fées, Ryan qui la tire de sa situation pourrie, les dettes que lui a laissées son mari quand il est mort et dont elle n'avait parlé à personne dans la famille.

— J'aurais préféré que ce soit aussi simple que tu le dis, dit-elle en faisant tourner son alliance sur son doigt, il était écorché vif lui aussi. On a traversé pas mal de tempêtes avant que les choses ne s'apaisent.

— Mais tu as su que c'était le bon ?

Elle hausse les épaules :

— Pas tout de suite. C'est difficile de voir les choses clairement quand tu es dans le brouillard toi-même. Ryan n'était pas prêt à devenir l'homme qu'il est maintenant. Il a fallu qu'il trouve la motivation qui lui manquait.

— Toi ?

Ma cousine boit une grande gorgée de vin et fait non de la tête :

— Abbey. En fait, il ne savait que c'était une fille à ce moment-là, il savait juste qu'un bébé allait venir au monde et qu'il n'aurait pas de père si lui, Ryan, ne se ne se reprenait pas en main. Il m'aimait, je n'avais aucun doute là-dessus mais c'est notre bébé qui l'a empêché de sombrer. Ce bébé lui a redonné de l'espoir.

— Wow, dis-je en me rendant compte que je ne savais presque rien des détails de leur histoire. On imagine plein de trucs sur la vie des gens et on a toujours l'impression que chez les autres, tout est toujours beaucoup plus simple.

— Plus je vieillis, plus je me rends compte que la vie est compliquée pour tout le monde. Rien n'est lisse, parfait, tout est endommagé, brisé mais on finit par s'en sortir et par trouver la personne qui accepte toutes les épreuves qui nous ont façonné et nous aide à nous en sortir.

— C'est ce qu'a fait Ryan ?

— C'est ce que nous avons fait tous les deux, l'un pour l'autre.

A l'autre bout du bar, un couple s'embrasse fougueusement dans une alcôve. Ils se touchent sans se soucier du monde autour. Quand je vois deux personnes si amoureuses, je me sens toujours de trop.

Tant qu'on n'a pas rencontré la personne qui va illuminer notre vie de cette façon, on a du mal à imaginer que ça va arriver un jour. Ma vision de l'amour parait bien puérile comparée à l'histoire de Jessie. L'amour c'est pas comme dans les contes de fée, il ne te transporte pas d'un coup d'aile dans un monde de couchers de soleil. Mais quand il te trouve, il éclaire ta vie à nouveau et sa chaleur guérit tes anciennes blessures, tout semble alors possible. J'ai très peur mais je pense qu'Aaron pourrait être celui qui peut m'apporter ça, en tout cas, moi, c'est ce que j'ai envie d'être pour lui.

— J'ai rencontré quelqu'un, dis-je à Jessie.

Je ne voulais rien lui dire au cas où Aaron ne viendrait pas, mais j'ai besoin d'en parler avec quelqu'un :

— Il va peut-être venir demain.

— Peut-être ? Jessie en me regardant d'un air interrogateur, le sourcil froncé.

— C'est compliqué.

— C'est toujours compliqué ! dit-elle en me tapotant la main à son tour, mais tu l'aimes malgré les difficultés.

— Pire. Je crois que je l'aime parce que c'est compliqué, dis-je, il a traversé pas mal d'épreuves, un peu comme moi.

— Vous avez un point de départ commun, ça peut être un bon début. Vous vous comprenez, comme moi et Ryan.

— Je crois oui.

— Pourquoi crois-tu qu'il pourrait décider de ne pas venir ?

Je soupire en tripotant mon bracelet :

— Je pense qu'il a envie de venir mais que c'est peut-être un peu trop tôt pour lui.

Jessie me sourit affectueusement :

— Tu as peut-être l'impression que c'est une situation pénible mais c'est plutôt positif. S'il vient, tu sauras qu'il est prêt à faire le grand saut pour être avec toi. C'est symbolique. Et s'il ne vient pas, tu seras sûre qu'il n'était pas la personne qu'il te faut. De toute façon, tu seras bientôt fixée.

C'est vrai. Je serai bientôt fixée. Les papillons dans mon ventre se calment un peu. J'ai tellement envie qu'Aaron ose. J'ai fait tout ce qui était en mon pouvoir pour qu'il sache ce que je ressens pour lui. Je ne peux pas faire plus. La balle est dans son camp.

C'est dur d'attendre mais il n'y a rien d'autre à faire.

Ce soir, au moins, je ne suis pas seule : ma cousine me tient compagnie.

Chapter 26

AARON

Jeudi, 17h, je n'ai toujours pas décidé de ce que j'allais faire. Je me doute que Nicole est déjà à l'hôtel mais je n'ai pas appelé pour vérifier. Je suis assis à mon bureau et je n'ai rien fait de productif depuis au moins une heure, je suis incapable de travailler. Ma secrétaire va bientôt rentrer chez elle et je pense que je quitterai le bureau en même temps qu'elle. Je suis le point de ranger mes affaires dans ma serviette lorsqu'on frappe doucement à la porte :

— Entrez

Je vois Sandrine entrer une grande enveloppe à la main. Elle a l'air nerveuse, elle danse d'un pied sur l'autre dans ses escarpins noirs. Elle a la réputation d'être une femme redoutable alors son attitude m'intrigue. Derrière ses nouvelles lunettes aux montures épaisses auxquelles j'ai du mal à m'habituer, son regard passe rapidement de l'enveloppe à moi.

— Oui Sandrine ? dis-je, curieux.

— Euh... je ne sais pas comment vous le dire, dit-elle les mains crispées sur l'enveloppe.

— Me dire quoi ?

— Eh bien, je m'attendais à ce que vous me demandiez de m'occuper des détails de votre voyage, dit-elle en se mordant la lèvre nerveusement.

— Quel voyage ? dis-je en fronçant les sourcils et puis je comprends à quoi elle fait allusion. Sandrine lit tous mes mails sauf s'ils sont classés ultraconfidentiel. Elle a lu le mail de Nicole :

— Oh vous voulez parler de mon voyage dans le Rhode Island ?

Elle a l'air vraiment mal à l'aise :

— Euh...oui."

Cette conversation est un vrai cauchemar :

— Je n'ai pas encore décidé si j'y vais ou pas.

— C'est ce qu'il me semblait, dit-elle en serrant l'enveloppe contre sa poitrine, c'est très délicat.

En effet. Je ne vais pas lui laisser voir à quel point c'est gênant pour moi de savoir qu'elle est au courant de ma vie privée. A part l'achat de cadeaux d'anniversaire ou de Noël pour ma famille, ma secrétaire est tenue à l'écart de toute la sphère privée. Je sais qu'elle est discrète et qu'elle a signé un accord de confidentialité mais je n'ai pas envie que nos rapports soient autres que professionnelles.

— Ce n'est pas grave Sandrine. La lecture de mes mails fait partie de vos attributions. Vous n'avez rien fait de mal.

— Ce n'est pas ça, dit-elle en s'approchant de moi avec l'air de quelqu'un qui transporte un objet qui peut exploser à tout moment.

— Ah, quel est le problème alors ? dis-je d'un ton impatient.

Sandrine est plutôt efficace et directe d'habitude. Et son hésitation inhabituelle m'agace.

— Je crois que j'ai peut-être outrepassé mon rôle, j'espère que vous ne m'en voudrez pas. J'ai demandé à la sécurité de se renseigner sur ...Whisky Rose.

Elle se raidit, prête à affronte ma colère, me tend l'enveloppe et fait un pas en arrière quand je l'ai prise.

— Vous avez fait quoi ?

— Quand j'ai lu le mail, j'ai fait le rapprochement. Je m'attendais à ce que vous me demandiez de modifier votre agenda mais vous ne l'avez pas fait...ça m'a intriguée. Vous avez été bizarre cette semaine, vous n'étiez pas vous-même. Vous aviez l'air préoccupé. Et je savais que, de vous-même, vous n'auriez jamais demandé une enquête si poussée sur quelqu'un alors je l'ai fait à votre place.

— Vous avez lancé une enquête sur Nicole ? dis-je, incrédule mais soudain curieux de savoir ce que dit ce rapport.

— La sécurité a localisé son adresse IP et à partir de là, ils ont eu accès à toutes ses données. Vous n'êtes pas obligé de lire le rapport. D'ailleurs, ce serait peut-être mieux si vous ne le lisiez pas.

Je fronce les sourcils et commence à ouvrir l'enveloppe, persuadé qu'elle contient de mauvaises nouvelles mais Sandrine se hâte de poursuivre :

— Pas à cause des infos négatives, il n'y en a pas. Ils ont passé en revue sa famille, son travail, les réseaux sociaux, ses comptes bancaires et ses factures de portable. Je peux vous assurer qu'elle a passé l'examen haut la main. Tout est parfait, rien à signaler. Si vous me faites confiance, je peux reprendre le document et le passer à la déchiqueteuse comme ça, vous ne lirez pas des choses qu'elle ne vous a pas encore dites ; ça sera plus simple, moins gênant pour vous.

Mon regard passe de l'enveloppe dans ma main à Sandrine dont l'air grave me fait penser qu'elle a peut-être peur pour son emploi. Je ne lui en veux pas ; c'est elle qui a raison. Il aurait été impensable pour moi de demander à mon service de sécurité d'enquêter en profondeur sur quelqu'un. Mais elle l'a fait pour moi et je me rends compte maintenant à quel point j'ai besoin d'être rassuré. Nicole est ok, c'est bien mais cela n'apaise pas mes angoisses pour autant. Je sais que le temps presse. Si je ne confirme pas mon plan de vol, je n'irai nulle part. Je tends l'enveloppe à Sandrine.

— Je vous remercie Sandrine. Vous pouvez faire mes réservations, s'il vous plaît, dis-je en sentant mon pouls s'accélérer à l'idée de ce voyage. Est-ce une bonne idée d'y aller ? Est-ce que je dois franchir le pas ?

— Demain ?

— Oui, j'en profiterai pour aller à New York dimanche aussi.

— Je vous réserve un hôtel dans chaque ville ?

— Pouvez-vous me réserver une suite dans un hôtel près du Marquis Providence ? Pas au Marquis même, mais un hôtel pas loin.

Elle a l'air déconcertée mais fait signe que oui. Puis elle fronce les sourcils comme si elle voulait ajouter quelque chose.

— Oui ? dis-je

— Eh bien...je voulais juste vous dire que cette histoire pourrait être très positive pour vous. Vous avez besoin de quelqu'un dans votre vie, Aaron. Je vous réserve une chambre mais j'espère que vous ne l'utiliserez pas. Saisissez votre chance. Peut-être que ça marchera ; si vous ne faites rien, vous ne le saurez jamais.

Sur ce, elle sort de mon bureau pour aller faire les réservations. Je m'assois, songeur, les mains croisées derrière la nuque. Je me demande bien ce que je vais faire une fois là-bas.

Chapter 27

NICOLE

C'est bon, je suis quitte, la réunion s'est bien passée, les contrats sont signés. J'ai appelé mon patron qui semblait ravi au bout du fil ; j'espère bien avoir une prime conséquente à la prochaine paye.

De retour à l'hôtel, je laisse des instructions à la réception : ils donneront une clé de ma chambre à Aaron s'il arrive. Je me prélasse dans un bain aux bulles de luxe que j'ai apporté avec moi, je me fais plaisir tout en préparant l'arrivée d'Aaron. Je me fais belle, je m'occupe de chaque recoin de ma personne jusqu'à ce que tout soit bien doux et soyeux. J'imagine tout ce qu'il fera à mon corps s'il vient. Je passe un vernis rose nude sur mes orteils et applique un léger fond de teint pour me donner bonne mine. J'ai mis de la musique douce en fond.

Mais je ne sais pas trop comment m'habiller.

Je me retrouve dans une situation bizarre. Si Aaron vient, il va entrer dans ma chambre d'accord mais il s'attend à quoi ?

Du sexe tout de suite ?

Une longue discussion sur ce qui nous réunit ici ?

J'ai du mal à visualiser la scène. En plus, je ne sais même pas ce que j'attends de ces retrouvailles. Il m'a vraiment manqué, c'était presque incompréhensible. On ne se connait que depuis quelques jours, je sais bien qu'une aventure sexuelle peut amplifier les choses démesurément mais là, il s'agit d'autre chose. J'ai envie de son corps comme une folle mais je veux aussi savoir ce qu'il pense et surtout ce que dit son cœur.

Je sais bien que ça marche bien entre nous sexuellement, même parfaitement bien mais sur le plan de la communication, il y a des choses à revoir. C'est le nœud du problème, je crois. Il va falloir qu'on fasse quelques progrès de ce côté-là.

Je regarde toutes les tenues que j'ai apportées : ma préférée - un tee-shirt gris aux épaules dénudées avec un jean skinny noir, ou ma robe tee-shirt fluide rayée bleu et blanc, ou la nuisette sexy que Maya m'a conseillée d'acheter. Je n'ai jamais dépensé autant en vêtements de nuit mais encore une fois Maya a eu raison. Cette nuisette est vraiment fabuleuse : toute de soie bordeaux bordée de dentelle rose pâle, des fines bretelles et un décolleté en V plongeant dans le dos qui descend jusqu'au creux de mes reins. J'ai aussi la minuscule culotte assortie, avec des rubans noués sur le côté. Je touche le tissu, sublime et soyeux. C'est exactement comme ça que je voulais m'habiller pour lui plaire. Mais si je choisis cette tenue, j'oriente forcement ce qui va se passer entre nous.

Aaron se sert du sexe pour tenir les femmes à distance depuis des années et je n'ai pas envie d'en être victime à nouveau ; du coup, j'enfile la nuisette, mais sous la robe rayée. Je me protège contre ses méthodes habituelles et je verrai bien si j'arrive à lui faire avouer ses peurs et ses désirs. Enfin, tout ça, c'est s'il vient.

Je me regarde dans le miroir et me trouve soudain pathétique. Je me suis pomponnée comme une poule, j'ai acheté des choses futiles hors de prix alors que je n'en ai pas les moyens et si ça se trouve, j'ai fait tout ça pour rien. J'ai mis mon cœur en première ligne et il y a de fortes chances qu'il souffre à nouveau.

Ou pas.

Il se peut qu'il vienne et même si la probabilité est mince, je suis fière d'avoir essayé. Mon père adore le proverbe « Qui ne tente rien, n'a rien. », je suis persuadée que c'est vrai. Comme me l'a dit Maya, j'avais besoin de reprendre le contrôle de ma vie et de savoir que même si je tombe, je serai capable de me relever.

Il est presque 17h, j'appelle le room service et commande un croque-monsieur. Je le mange entre deux bâillements. C'est le soir en Angleterre et je commence à sentir le décalage horaire. Je m'allonge sur le lit et allume la télé, je m'installe devant une rediffusion de Friends. Je n'ai aucun souvenir de m'être endormie et pourtant je me réveille en sentant le lit bouger derrière moi. J'ouvre les yeux. La chambre est dans l'obscurité.

—Nicole, murmure Aaron à mon oreille, je tourne la tête aussitôt et le découvre allongé derrière moi.

Son bras enlace mes hanches et m'empêche de me retourner complètement vers lui.

— Tu es venu finalement, dis-je à moitié endormie. Je sens ses lèvres blotties dans le creux de ma nuque qui m'embrassent. Ses hanches se pressent contre mes fesses.

— Toi aussi, tu vas venir, dit-il, sa main descend le long de ma jambe jusqu'à la peau nue de ma cuisse. Il remonte ma robe et la nuisette, le bas de mon ventre est maintenant exposé. Ses doigts se baladent sur les bords de ma culotte, jouant au passage avec les rubans qui la retiennent. Il glisse ses doigt sous le satin, de plus en plus bas jusqu'à mon clito, les pensées se bousculent dans ma tête.

— Oui, c'est ça chérie. Tu as envie de ça, hein ?

J'ai envie de ça, c'est clair - j'en tremble tellement mon envie est intense - mais j'ai aussi besoin de lui parler.

— Oh, dis-je dans un gémissement quand il pousse plus loin, s'enfonce entre mes lèvres et plonge au plus profond.

— Putain, t'es toute trempée, grogne-t-il, t'as déjà tourné tout ça dans ta tête ? tu t'es bien excitée ?

Je fais oui de la tête en essayant de me retourner pour voir son visage mais il me tient fermement. Je sens qu'il résiste, il ne veut pas parler d'autre chose que de sexe. D'un coup, le doute m'envahit, peut-être que seul l'aspect physique l'intéresse avec moi ? Ça fait des jours que je pense à notre relation, que j'essaie de comprendre ce qu'il ressent quand on est ensemble ; j'espère que je ne suis pas la seule à vouloir aller plus loin. Est-ce que pour lui tout a commencé et va finir avec le sexe ?

Et puis, je me rappelle qu'il a tremblé la dernière fois qu'on était ensemble et qu'il s'est enfui ; je me dis que c'est sa façon à lui de se protéger. J'espère que je ne me trompe pas.

Mon corps ondule de plaisir sous ses doigts, je suis au summum de l'excitation, prête à jouir mais je ne veux pas céder tout de suite. Il pense qu'il peut m'embrouiller le cerveau en me donnant du plaisir mais il se trompe. S'il croit qu'il va pouvoir me tenir à distance facilement et que je vais lui faciliter la tâche, encore une fois il se met le doigt dans l'œil. Je pose ma main sur la sienne fermement pour l'empêcher de bouger.

— J'ai pensé à toi, dis-je dans un murmure, mais pas simplement au sexe.

Aaron ne bouge plus derrière moi, pas un mot ne sort de sa bouche, il retient son souffle.

— Je veux bien que tu prennes tout le plaisir dont tu as besoin maintenant et après on discutera, d'accord.

— Ce dont j'ai besoin ? Qu'est-ce que tu veux dire ? Je le sens se raidir derrière moi, je sais que j'ai touché un point sensible.

— Rien, je ne veux absolument rien dire de particulier, dis-je en essayant de me retourner dans son étreinte mais je n'y arrive pas car il me serre encore plus fort.

— On est deux ici tu sais ! Parlons de toi Whisky

Rose, et de tes injonctions. Les règles sont faites pour être transgressés, c'est ce que tu as écrit, non ? Eh bien allons-y, transgressons-les ces règles.

— Quelles règles veux-tu transgresser Aaron ?

— Toutes ! murmure-t-il d'une voix sombre et il me mord la nuque.

— Ne fais pas ça, dis-je en grimaçant de douleur. Je me rends compte avec horreur qu'il a repris son masque des mauvais jours. Je ne sais pas où est passé l'homme qui est venu me voir à Londres, mais je veux qu'il revienne.

— Ne fais pas quoi ? Te donner du plaisir ? » Il plie ses doigt qui sont toujours dans mon vagin et appuie fort sur mon point G. La sensation me fait réagir vio-lemment, je me cabre.

— Noooon, dis-je dans un gémissement de plaisir mêlé de frustration, ne joue pas à l'autre Aaron avec moi, s'il te plait. J'ai envie de toi. De toi, pas de l'autre, celui qui joue un rôle.

J'essaie tant bien que mal d'attraper son visage derrière moi et il retire ses doigts. Je me retourne dans ses bras, il a desserré l'étreinte ; c'est à mon tour de l'enlacer de toutes mes forces :

— Tu m'as manqué, dis-je blottie au creux de son cou, je suis contente que tu sois là.

Il ne se détend pas, je sens mes joues s'empour-prer ; je m'attends à ce qu'il m'envoie balader, ce serait l'humiliation de trop. Les larmes me piquent les yeux, j'ai un goût de sang dans la bouche. Soudain, il s'adoucit et m'attire à lui, il dépose un baiser sur ma tempe :

— Moi aussi, je suis content d'être là, Nicole.

Je ravale toutes les émotions négatives qui sont prêtes à déborder et prend une grande inspiration. J'aime qu'il me serre dans ses bras. Tout se passe mieux que je ne l'avais imaginé, je respire son odeur, je me blottis tout contre lui et passe mes doigts dans ses cheveux d'un geste tendre.

Aaron porte une chemise bleue et un jean sombre. C'est un plaisir délicieux de sentir son corps ferme et chaud contre moi. Il relève mon menton, son yeux verts de jade sont plantés dans les miens, il me regarde l'air grave :

— Je n'étais pas sûr que ce soit une bonne idée. Je ne savais pas très bien quelle était la meilleure solution pour nous deux. D'ailleurs, je ne sais toujours pas si j'ai pris la bonne décision mais je suis content d'être là.

— Pourquoi ce ne serait pas la bonne décision ?

— Parce que rien n'est simple, Nicole.

Il a du mal à avaler sa salive, je sens qu'il a la gorge serrée.

Je tends la main pour caresser sa joue, sa barbe de trois jours l'érafle au passage et il tourne la tête pour embrasser la paume de ma main.

— On n'a rien sans rien, il faut toujours se battre, Aaron, mais si on n'essaie pas, on ne saura jamais.

C'est assez bizarre d'essayer de le convaincre d'un

truc que j'ai du mal à accepter moi-même. Finalement, on a peur des mêmes choses, c'est peut-être ça qui va nous aider à franchir le cap d'ailleurs. Je sais qu'il me comprend et ça me rassure, j'espère que c'est pareil pour lui. Il dépose un baiser sur mon front et me caresse le bras, il attrape ma main, nos doigts s'entremêlent et nous nous serrons fort.

— D'où tiens-tu toute cette sagesse ? demande-t-il.

— Ce n'est pas de la sagesse Aaron, j'essaie de m'en sortir c'est tout.

Je lève les yeux sur son visage, son nez droit, sa peau mate toute douce et son magnifique regard vert qui ne se détourne pas, même s'il est rempli d'inquiétude. Je veux le rassurer, je veux lui montrer ce que je ressens pour lui en utilisant le langage qu'il comprend le mieux alors je me retourne et je le chevauche. J'enlève ma robe pour lui montrer ce que j'ai acheté pour lui plaire. Il écarquille les yeux à la vue de ma nuisette.

— Tu es tellement belle. » dit-il en serrant mes hanches dans ses mains solides. Il promène ses pouces sur mon ventre délicat. Je commence à déboutonner lentement sa chemise jusqu'à l'apparition de son torse aux lignes sculptées et à la peau dorée. Je me penche pour embrasser son cœur, il soupire de plaisir.

— Tu ne vas pas me quitter à nouveau, hein ?

J'embrasse ses lèvres, il attrape mon visage et le recule légèrement pour planter son regard dans le mien.

— Je suis parti pour nous deux Nicole. Je ne voulais pas te faire souffrir encore. J'ai pensé que c'était ce qu'il y avait de mieux à faire et puis j'ai reçu ton mail et du coup, je n'ai plus été sûr de rien.

— On n'a pas besoin d'être sûrs, dis-je en l'embrassant à nouveau, qui peut se targuer d'être sûr de quelque chose ?

Je déplace mes hanches et je sens son sexe durcir contre moi. Ses mains attrapent les rubans sur le côté de ma culotte et les dénouent, la culotte tombe.

— Approche, j'ai envie de te goûter.

Pendant quelques secondes, je ne comprends pas ce qu'il veut dire mais quand il attrape mes hanches et que mes genoux sont au niveau de ses épaules, mes jambes écartées au maximum, je n'ai plus aucun doute. Je m'accroche à la tête de lit en bois pour ne pas tomber et sa bouche s'empare de ma chatte avec impatience. Je ne me suis jamais assise sur le visage de quelqu'un avant, et le premier coup de langue sur mon clito me fait l'effet de la foudre, une sensation électrique et brûlante. Il me lèche d'abord très vite puis lentement avec délicatesse ; il lâche un gémissement, satisfait du plaisir qu'il me donne. C'est extraordinaire, je finis par bouger mes hanches, des petits mouvements légers puis quand le plaisir augmente, j'ondule. Je n'arrive plus à me taire : mon souffle court se transforme en gémissement sourd à l'approche de l'orgasme.

— C'est ça chérie. Baise ma langue, grogne Aaron. Ses mots sont toujours aussi excitants.

Je cache mon visage dans le creux de mon coude, ma

chevelure couvre mon visage et mes seins. Je n'arrive même pas à regarder ce qu'il est en train de faire. Les sensations sont presque insupportables, sa bouche est trop brutale et trop vorace. Ses doigts écartent mes fesses, il m'attire vers lui en un rythme qui me rappelle sa queue en moi. Quand il gémit contre mon clito, ça suffit pour m'envoyer dans un vide de plaisir orgasmique si intense que j'oublie où je suis. Quand je reviens à moi, je suis allongée sur le dos. Aaron m'a retournée, il est en train de se déshabiller :

— Ça va ? demande-t-il en laissant tomber son jean et son caleçon par terre, il se branle en me regardant.

— Oui, dis-je dans un souffle en m'étirant comme une chatte au soleil.

Il remonte sur le lit et s'installe entre mes jambes ; il m'embrasse langoureusement comme s'il savourait un fruit mûr délicieux. Mes doigts glissent le long de son corps puis sur son cul, il se colle contre moi :

— Putain, j'ai trop envie de toi, dit-il en caressant ma clavicule puis en descendant entre mes seins, il pince un de mes tétons. Je souris parce que son accent américain est toujours plus fort quand il est excité.

— Vas-y ! Fais-toi plaisir.

— Pas de souci, mais c'est moins facile maintenant, son sourire est plein de malice.

— Pourquoi ? T'as rien pour m'attacher ?

— Parce que tu crois que j'ai besoin de t'attacher pour prendre mon pied ? demande-il d'un ton narquois.

— C'est pas vrai ? rétorqué-je, je suis curieuse de tout savoir sur ce mec sublime.

Il secoue la tête :

— Je ne vais pas te mentir, j'aime bien quand c'est un peu crade et j'aime bien aussi quand c'est moi qui dirige. Mais ça peut changer.

— Tu fais comme tu le sens, bébé, dis-je en passant la main sur son front puis sur sa joue, de toute façon, je sais que tu ne me feras que du bien.

— T'inquiètes !

Je ne sais pas trop ce qu'il va me faire mais les tendres baisers qu'il dépose sur mon corps me prennent au dépourvu ; ils sont si délicats que j'en frissonne. Et quand il passe lentement la main sur mes tétons en érection, avec de la délicatesse mêlée de provocation, j'ai la chair de poule. Et puis il embrasse mes lèvres légèrement comme s'il voulait s'endormir et rêver en moi. Je me sens précieuse, l'attention et le soin qu'il apporte à me faire du bien me comblent. Quand il finit par présenter son sexe sur mon ouverture, je ne m'attends pas à ces mouvements presque tendres et à la délicatesse qu'il met à nous amener tous deux au summum du plaisir. Je m'accroche fort à lui, mes hanches et mes mains trahissent mon désir intense, je gémis quand il s'enfonce en moi et mordille ma lèvre.

—Oui, Nicole, oui, dit-il, il se relève un peu, lèche son pouce et le frotte contre mon clito gonflé jusqu'à ce que je jouisse autour de sa queue sans y penser.

— C'est ça, oui, chérie, dit-il en bougeant plus vite.

Je sens l'instant où il jouit : il grossit en moi puis se raidit quand les vagues de plaisir le submergent et me remplissent. Il a les yeux fermés, le visage empourpré, il s'abandonne. Quand il a fini de jouir, il ouvre les yeux et se lèche les lèvres puis me regarde avec une expression de tendresse fiévreuse que je n'aie jamais vue sur son visage.

Il ne se retire pas tout de suite, il reste allongé sur moi, le visage au creux de mon cou comme dans mon appartement ; il a mon sein dans la main comme il le fait toujours :

— Nicole, Nicole, soupire-t-il, d'où sors-tu ?

— Eh bien, il me semble bien que tu m'as séduite ? dis-je en riant.

— La meilleure décision de ma vie.

— Je suis d'accord, dis-je dans un sourire en caressant son dos, et je suis contente d'avoir écouté mes pulsions intérieures et de t'avoir laissé faire tes petits trucs tordus avec moi

— Hum, j'aime bien ça « les petits trucs tordus ». Laisse-moi quelques minutes et je vais t'en montrer d'autres, des « petits trucs tordus ».

— Paroles, paroles… dis-je en étouffant un profond bâillement ; je suis épuisée, physiquement et émotionnellement. L'attente et les doutes m'ont littéralement exténuée.

— C'est le décalage horaire ?

— Sûrement. Je crois qu'il va falloir que je dorme un peu avant que tu abuses de moi à nouveau.

Aaron bouge et ramène les couvertures sur nous, il me serre contre lui :

— Dors ma chérie, dit-il en déposant un baiser sur mon front.

J'ai encore des choses à lui dire, j'ai envie de bien profiter du temps qu'il nous reste mais je suis trop fatiguée. Je m'endors aussitôt bercée par le bruit de son cœur.

Chapter 28

AARON

Je n'arrive pas à m'endormir. Nicole s'est pelotonnée contre moi, épuisée par son voyage. Ma tête est encombrée de questions du genre « Et après ? », « Qu'est-ce qui va se passer ? ». Je suis quand même venu ici et je suis super heureux de l'avoir fait. Elle est impressionnante, belle, drôle, chaleureuse, tendre et bien plus forte qu'elle ne l'imagine. Pour la première fois depuis un bout de temps, j'ai réussi à me détendre et à me laisser aller au plaisir du sexe, pleinement et en m'impliquant, c'était fantastique, je n'en reviens pas.

Je sais que je devrais savourer ce moment mais maintenant que je sais que je veux aller plus loin avec Nicole, je me pose plein de questions. Elle va retourner au Royaume-Uni et après, que va-t-il se passer ? Est-ce qu'une relation longue distance lui conviendra ? Est-ce que ça va marcher alors qu'on a passé si peu de temps ensemble ? Je sais qu'elle tient à son boulot alors je ne vais pas lui demander de venir à Atlanta, elle ne voudrait pas et puis de toute façon, c'est un peu tôt pour bouleverser nos vies en fonction de l'autre.

Au bout d'une heure, j'en ai marre de fixer le plafond, d'autant que j'ai une énorme érection dont je ne sais quoi faire. Enfin, Nicole se retourne dans son sommeil et je peux me dégager et me lever. Je n'ai pas encore appelé Robert pour lui confirmer ma venue à New York et je crève d'envie de boire un verre et de manger un bout. Je m'habille en silence et descends au bar de l'hôtel.

Robert est avec des amis, notre conversation ne dure pas longtemps. Je lui dis que je serai là dimanche après-midi et que je resterai deux jours. Je veux passer un peu de temps avec lui pour m'assurer qu'il va bien. Lors de notre dernière conversation téléphonique, j'ai senti dans sa voix quelque chose qui m'a perturbé. Il a toujours bien réussi bien à cacher ce qui se passe dans sa tête et j'ai besoin de savoir qu'il va mieux pour ma tranquillité d'esprit.

Le bar est bondé, j'avais oublié qu'on est vendredi soir, alors ma bière et mon hamburger mettent un peu de temps à arriver. Je me dépêche de les manger pour retrouver Nicole au plus vite. Lorsque j'ai terminé, je règle l'addition et reprends l'ascenseur. J'ouvre la porte de la chambre tout doucement pour ne pas réveiller Nicole mais la lumière est allumée. Nicole est assise au bord du lit, le visage dans les mains. Quand j'entre, elle lève les yeux vers moi et essuie les larmes qui coulent sur son visage.

— Qu'est-ce qui se passe, Nicole ? dis-je en m'élançant et en m'agenouillant devant elle.

Nicole s'écarte de moi, les yeux écarquillés. Sa poitrine se soulève et pendant un instant, j'ai l'impression qu'elle pleure mais elle agrippe le bord du lit d'une main et porte l'autre à son cœur.

— Nicole, parle-moi ! dis-je à nouveau.

— Je ne peux ...c'est mon cœur... il bat trop vite...je...je... arrive-t-elle à dire d'une voix haletante.

Je pose mes doigts sur sa gorge pour sentir son pouls, elle est beaucoup trop essoufflée. Est-ce une crise d'angoisse ? ou quelque chose de plus grave, je n'en ai aucune idée. Sous mes doigts, son pouls bat d'une façon qui ne me plaît pas. Pas du tout.

— Ça fait combien de temps que ton cœur bat à cette vitesse ?

— Je me suis réveillée...Tu n'étais plus là...J'ai...quelques minutes.

Sa poitrine se soulève à chaque mouvement et mon cœur se serre. Il y a un problème, ce n'est pas normal. Je me redresse lentement, je sais que je dois agir, mais avec délicatesse, pour ne pas l'effrayer ou l'alarmer.

Ça peut être une crise d'angoisse ou un truc plus grave. En tout cas, je ne veux pas prendre de risques. Je sors mon téléphone et demande à Nicole de respirer calmement pendant que j'appelle. Dans son regard, je vois qu'elle a compris que je vais tout faire pour l'aider. Elle serre ma main et j'ai envie de tomber à ses pieds et de lui demander pardon pour tous les moments où je me suis comporté comme un crétin, ces dernières semaines. Elle a l'air si fragile, si vulnérable ; j'aurais dû essayer de tout faire pour être l'homme dont elle a besoin.

Je vais dans le couloir pour téléphoner à Sandrine rapidement et lui demander d'appeler une ambulance. Elle va s'occuper de tout, je peux repartir dans la chambre prendre soin de Nicole. Sandrine est l'efficacité personnifiée, j'ai quand même senti de l'inquiétude dans sa voix. Elle ne connaît pas Nicole, mais j'ai compris qu'elle tient beaucoup à moi. Je ne lui ai jamais demandé de s'occuper de ma vie privée.

Je suis de retour dans la chambre en quelques secondes. Nicole n'a pas bougé, elle respire plus régulièrement, mais elle a toujours la main sur son cœur, je vois bien qu'elle ne sent pas bien. Je m'assois près d'elle sur le lit et pose ma main sur la sienne :

— Ça va aller. Tout va bien se passer.

— Est-ce que tu as fait venir ton docteur personnel depuis Atlanta, dit-elle avec un léger sourire.

— J'aurais pu, dis-je en lui rendant son sourire.

Dans ma poitrine, mon cœur ressemble à un oiseau qui tourne en rond dans sa cage et essaie de s'échapper. La patience et moi ça fait deux. Je ne suis pas très doué dans les moments d'inquiétude, pas non plus doué pour m'occuper des êtres humains.

— Qu'est-ce qui m'arrive ? demande-t-elle tout bas.

Je lui caresse la joue. Elle est blême, ses yeux sont cernés :

— Je ne sais pas, ma puce. Je ne sais pas, mais on va trouver, ne t'inquiète pas.

— Il faudrait que tu préviennes mes parents, dit-elle, pas tout de suite, je ne veux pas les inquiéter. Quand on saura, d'accord ?

— Ne t'inquiète pas, lui dis-je, je m'occupe de tout. Elle cligne des yeux lentement :

— Oui c'est vrai, tu maitrises toujours tout.

— Non, je me penche pour l'embrasser, si je maitrisais vraiment tout, rien de tout cela ne serait arrivé.

— J'ai peur, dit-elle en s'accrochant à mon pull.

— Ça va aller, dis-je en essayant d'être le plus convaincant possible mais la peur me brûle la gorge. J'attire tout doucement Nicole contre moi et la berce avec toute la tendresse qui est en moi. Nous attendons, sa tête blottie sur mon cœur, puis on frappe à la porte et tous les plans que j'avais commencé à échafauder dans ma tête, le cœur débordant d'espoir, sont sur le point de tomber à l'eau.

Chapter 29

AARON

Je suis dans l'ambulance avec Nicole ; c'est une expérience que je ne souhaite à personne. Elle est allongée sous une couverture, on vérifie ses constantes vitales. Son cœur bat toujours de façon irrégulière, son teint est gris ; je ne l'ai jamais vue comme ça.

J'ai son sac sur les genoux. J'ai promis d'appeler ses parents dès que les docteurs m'auront dit ce qui se passe et ça me perturbe. Quelle heure est-il au Royaume -Uni ? Est-ce qu'ils ont entendu parler de moi ? Qu'est-ce que je vais devoir leur annoncer ?

Pourvu que ce soient des bonnes nouvelles, supplié-je en silence, pourvu que le ciel m'entende. Nicole Cristie est une fille bien. Elle ne mérite pas que des choses moches lui tombent dessus. Elle est trop jeune. Elle est trop précieuse pour sa famille...et pour moi.

A notre arrivée, elle est prise en charge par un docteur qui ordonne une batterie d'examens. Nicole a l'air préoccupée :

— Il faudrait que tu appelles mon patron, dit-elle,

toutes ces dépenses... il va falloir faire marcher l'assurance voyage de l'entreprise.

— Ne t'inquiètes pas, je vais le faire. Je dois contacter qui ?

Elle me donne un nom et je vais dans le hall pour appeler un Britannique qui a l'air très fatigué. Nous avons une conversation surréaliste, c'est le milieu de la nuit en Angleterre. En tout cas, Nicole n'a pas à s'inquiéter, les frais seront pris en charge par l'entreprise. Quand il est finalement assez réveillé pour comprendre de quoi on parle, il me demande qui je suis :

— Un ami, dis-je.

— Un ami, répète-t-il d'un ton légèrement amusé.

Peut-être lui a-t-elle parlé de moi, mais je ne vois pas très bien pourquoi elle l'aurait fait. Ou c'est peut-être le ton de ma voix qui lui fait penser qu'on est un peu plus que des amis.

Quand j'ai raccroché, je m'assois à côté du lit de Nicole, elle est branchée à des machines. Elle me remercie à nouveau, elle me dit aussi que je devrais la laisser et retourner à l'hôtel... comme si je pouvais envisager une seule seconde de la laisser seule dans un moment pareil. Je la fais taire avec un baiser et insiste pour qu'elle se repose. J'ai peur que parler ne fasse qu'augmenter son agitation.

Quand on l'emmène pour les examens, j'attends ; une sorte de désespoir me submerge, cela fait plus de six ans que je n'ai pas ressenti ça. Quand Adrianna m'a annoncé son cancer, le sol s'est dérobé sous mes pieds. Pendant des mois, j'ai vécu dans un état d'angoisse permanent, j'ai prié pour sa guérison. Je me retrouve dans la même situation, j'ai l'impression d'avoir une plaie béante dans la poitrine et j'ai peur, peur que toutes ces petites lueurs d'espoir qui se sont allumées s'éteignent subitement.

Il faut que Nicole s'en sorte. Si ça se trouve, elle n'a rien de grave. Elle n'a peut-être pas assez mangé ou c'est peut-être l'accumulation de tous ses voyages. J'ai du mal à admettre que j'y suis peut-être pour quelque chose ; si je n'étais pas parti, si je ne l'avais pas faite attendre : peut-être que rien de tout cela ne serait arrivé.

Si tout ce qui arrive est de ma faute, je ne me le pardonnerai jamais.

A la fin des examens, on ramène Nicole dans la chambre. Elle sourit en me voyant mais c'est un sourire timide, rien à voir avec les sourires éclatants qu'elle me lance quand elle est en pleine forme.

— Ça s'est bien passé ?

— Oui, mais c'était bizarre. J'aimerais être chez moi.

— Si tu as besoin de tes parents, je peux les faire venir. N'hésite pas, dis-le-moi.

Nicole fait non de la tête :

—Tiens-moi la main, ça suffira, dit-elle doucement, surtout quand le docteur va venir me parler. Je veux juste que .... Elle laisse sa phrase en suspens comme si ça la gênait de me demander de la consoler quand elle est terrifiée.

— Bien sûr, dis-je aussitôt, tout ce que tu voudras.

Je déplace ma chaise pour me rapprocher de son

lit, je prends sa main fine dans la mienne. Le silence s'installe, aucun de nous ne sait trop quoi dire. C'est étrange quand même : comment peut-on être aussi intime physiquement avec quelqu'un et en même temps ressentir cette gêne. Il faut que je me débrouille pour que Nicole oublie ce qui se passe en ce moment, comment faire ?

Et puis je me souviens de ce que notre nounou faisait quand on était malades. Elle nous racontait des histoires de son enfance pour nous distraire. Je me rappelle que ça me faisait du bien alors je décide de faire pareil.

Je parle à Nicole du jour où je me suis cassé la jambe en tombant d'un arbre dans notre propriété du Texas. Je lui raconte que ma nounou m'avait acheté un lapin en peluche pour me tenir compagnie pendant ma convalescence et qu'elle m'avait ensuite raconté l'histoire du garçon qui avait un lapin qu'il aimait si fort qu'un jour il est devenu vivant. Je lui parle de mon père qui m'a appris à monter à cheval et de ma mère qui m'a appris le piano. Je lui parle de Robert qui était mon meilleur ami quand nous étions petits et qui n'a pas toujours été un crétin. Le temps passe, je sens sa main se détendre dans la mienne pendant que je partage avec elle des bouts de moi que je n'ai jamais racontés à aucune femme depuis Adrianna.

Quand le docteur revient avec les résultats des examens, je suis encore dans le passé, serein et je n'imagine pas qu'il puisse nous annoncer quelque chose de grave. Et puis je croise son regard et je remarque son expression.

— Comment vous sentez-vous Nicole ?

— Bien, dit-elle à voix basse, comme avant, en fait, sauf que je suis un peu effrayée.

Il hoche la tête :

— Vous saviez que vous aviez une malformation congénitale, une communication intraauriculaire ?

Nicole fait non de la tête, son regard se tourne vers moi pour chercher du réconfort.

— Je ne sais même pas ce que c'est.

Le docteur triture le papier dans ses mains comme s'il était gêné d'annoncer des mauvaises nouvelles.

— Vous avez un petit trou dans la paroi qui sépare les deux oreillettes de votre cœur. Les symptômes les plus courants de cette maladie sont un essoufflement, de la fatigue et des palpitations.

— Le cœur, dis-je en me redressant, ce n'est pas une bonne nouvelle. Est-ce qu'elle aura besoin d'une opération ?

Le docteur fait signe que non :

— L'électrocardiogramme signale une toute petite anomalie et le cœur ne montre aucun signe d'hypertrophie. On n'a jamais diagnostiqué ce problème-là chez Nicole, ce qui montre bien que cela ne lui cause pas de désagrément notables.

— Jusqu'à aujourd'hui.

- Oui, le docteur jette un coup d'œil à ses notes, c'est la première fois que vous ressentez des palpitations ?

Nicole fait signe que oui.

— Eh bien, il va falloir vous reposer pendant quelque temps. Diminuer les situations de stress et éviter de faire trop d'exercice. Je vous suggère aussi de contacter votre médecin traitant et de prendre rendez-vous chez un cardiologue, il faut que vous soyez suivie. En tout cas, il faudra en tenir compte si vous décidez de fonder une famille.

Il nous examine comme s'il nous soupçonnait de vouloir procréer incessamment. Evidemment il ne sait pas qu'entre nous, tout est nouveau.

— J'aimerais que vous restiez une heure de plus, nous allons vous garder en observation. Ensuite, on vous laissera sortir à condition que quelqu'un puisse rester avec vous pendant les vingt-quatre prochaines heures au moins.

Le docteur penche la tête et me regarde pour s'assurer que je vais m'occuper de sa patiente.

— Je vais rester avec elle, dis-je.

Il a un sourire fugace, comme si sourire davantage lui demandait trop d'efforts. Je ne lui envie pas son métier.

Quand il a quitté la chambre, je serre fort la main de Nicole :

— Comment te sens -tu ?

— Ça va, dit-elle, je suis juste un peu effrayé de découvrir que j'ai quelque chose de si grave.

— Eh bien, en fait, tu n'avais aucune raison de t'en inquiéter avant aujourd'hui.

Elle acquiesce :

— Je crois que je vais appeler mes parents. Ils ne te connaissent pas et ta voix risque de les inquiéter encore plus. C'est bon, je me sens prête à leur raconter ce qui m'est arrivé.

Je suis soulagé. J'attrape son sac et lui passe son portable. Je reste à ses côtés pendant qu'elle les appelle, j'entends la voix pleine d'inquiétude de sa mère. Quand on est parents, on n'a pas envie d'entendre que son enfant a eu un souci de santé, surtout s'il est loin de la maison.

Quand elle a fini, elle me redonne le téléphone :

— Il faut que j'annule la réunion de demain. Papa pense que je devrais retarder mon retour, jusqu'à ce que les symptômes disparaissent. Qu'est-ce que tu en penses ?

— Je pense que c'est exactement ce qu'il faut faire.

— Tu n'es pas obligé de rester, reprend Nicole en rougissant et en regardant à l'autre bout de la pièce, tu dois avoir des choses importantes à faire.

— Rien n'est plus important que d'être ici.

Elle plisse les yeux lentement et serre ma main avec tendresse :

— Quand je me suis réveillée à l'hôtel, j'ai cru que tu étais parti. J'ai cru que je ne te reverrais plus jamais

— Oh ma chérie, j'étais juste descendu au bar. Ma valise était dans le placard.

— Je ne l'ai pas vue.

Nicole se frotte le visage de sa main libre, elle a l'air contrariée. Je ne supporte pas de la voir bouleversée, parce que je sais que c'est à cause de moi. J'aurais dû laisser un mot mais elle dormait si profondément que ça m'a semblé superflu. Malgré son espèce d'assurance destinée à me rassurer, Nicole a autant de doutes que moi sur notre relation. Si on veut que ça marche nous deux, il va falloir travailler dur pour construire la confiance entre nous.

Nicole soupire :

— Oh mon dieu, je me sens tellement bête.

— Mais non. C'est moi le crétin dans l'histoire. Pour le moment, j'ai mal engagé les choses avec toi, mais ça va changer. Je ne vais plus jamais te quitter comme je l'ai fait à Londres, je te le promets Nicole. Je sais qu'il faut que je fasse mes preuves pour gagner ta confiance, et je ferai ce qu'il faut mais j'ai besoin que tu croies en moi, s'il te plait. Nous devons apprendre à nous faire confiance.

Elle me regarde les yeux écarquillés, je lis de la peur dans son regard :

— Oui, mais pour moi aussi, c'est très difficile.

— Voilà ce que je te propose, dis-je en inventant au fur et à mesure parce qu'il faut qu'on puisse passer du temps ensemble coûte que coûte. Je reste avec toi jusqu'à ce que tu sois assez en forme pour rentrer chez toi, puis je pars avec toi. Je veux être sûr que tu es bien rentrée. Ensuite, on se débrouillera pour se voir. J'enverrai mon avion te chercher ou c'est moi qui viendrai. On fera tout pour que ça marche. On se parlera tous les jours et on verra ce qui se passe. Si tu as des doutes, tu me le diras et je ferai pareil. Engageons-nous à être honnête sur tout, à chaque étape. J'ai envie de te voir, Nicole. Je veux qu'on passe du temps ensemble pour voir si cette relation que nous avons débutée peut aller plus loin.

— C'est ce que tu veux ? demande-t-elle.

— Oui, de tout mon cœur, et toi ?

— Pareil, je veux la même chose.

Elle esquisse un sourire et je me penche pour l'embrasser. Elle saisit le creux de ma nuque pour me serrer contre elle et mon cœur exulte dans ma poitrine.

Dieu que j'aime cette femme. Je veux lui donner tout ce dont elle a besoin.

Tout ce qu'elle veut. Tout ce que je suis.

Je veux me libérer de mon passé pour être l'homme qu'elle voit en moi. Je ne veux plus jamais qu'elle attende à cause de moi ou qu'elle doute.

J'appelle Sandrine pour qu'elle nous envoie une voiture pour rentrer à l'hôtel. Nicole marche d'un pas hésitant, on dirait qu'elle a peur de refaire un malaise à tout moment. A peine dans la chambre, elle s'endort aussitôt ; mais moi, il ne faut pas que je dorme.

Je reste éveillé le plus longtemps possible, j'écoute le bruit doux de sa respiration, je veille sur elle pendant qu'elle glisse au pays des rêves. Je veille sur elle parce que je tiens vraiment à elle. Cette idée est moins difficile à accepter qu'hier. Peut-être que ce sera encore plus facile au fil des jours. Je l'espère parce que, pour la première fois depuis bien longtemps, j'ai envie de tenir la main de quelqu'un et de préserver son cœur. J'ai trouvé une personne à qui j'ai envie de faire confiance.

Je caresse son visage et remets ses cheveux en place. Je m'émerveille du fait qu'une rencontre de hasard avec une inconnue puisse changer une personne à ce point... puisse changer le cours d'une vie.

Je vais tout faire pour que ça marche parce qu'allongé là, près de Nicole, je me sens bien.

Chapter 30

NICOLE

Je suis assise sur un tabouret haut dans un bar chic de Londres - il est rempli de mecs de la City vêtus de costumes impeccables avec des montres de luxe au poignet qui claquent leur fric en bouteilles de champagne et alcools hors de prix. Je suis en avance ; je suis toujours très ponctuelle de toute façon. Si je suis en retard, ça me stresse et pas question d'être stressée ce soir.

Le barman me prépare un whisky on the rocks et le glisse vers moi avec un sourire interminable sur les lèvres ; je me suis faite belle ce soir. Je lui rends son sourire mais le mien est fugace ; je n'ai pas envie qu'il s'imagine des choses. J'attends un inconnu ce soir mais ce n'est pas lui.

La musique dans le bar est sensuelle et rythmée, elle me donne envie de danser mais j'ai mis mes plus hauts talons alors danser, il faut que j'oublie. De toute façon, ce n'est pas le genre d'endroit où l'on danse.

J'attends, je fais tourner l'alcool dans le verre et le

sirote lentement. Avant ma boisson préférée, c'était le gin tonic, maintenant c'est plutôt le whisky.

Je sens un regard sur moi, une sensation de picotement comme si tous les atomes de mon corps sentaient son arrivée et étaient attirés dans son orbite comme des lunes autour de leur planète. Pourtant, je ne me retourne pas.

J'attends et les secondes qui s'écoulent sont délicieusement enivrantes : mon cœur bat la chamade, j'ai la bouche sèche et les doigts crispés par l'impatience. Je lèche mes lèvres, elles ont le goût du gloss et des traces de l'arôme fumé du whisky – je sais que c'est ce qu'il sentira quand il m'embrassera.

Il se tient derrière moi, tout près, je sens sa force et sa chaleur à travers ma petite robe noire. Je respire son parfum délicieux. J'ai le regard fixé sur mon verre, je tremble presque d'excitation.

— Du whisky, dit-il à voix basse, j'adore les femmes qui ont bon goût.

— Et moi, je sais reconnaître les bonnes choses quand j'en vois, répliqué-je en buvant une gorgée.

— Ah, c'est nouveau ! sa voix est taquine, et là, tu en vois ?

Je me tourne vers lui et le regarde pour la première fois.

Son regard pétillant est fixé sur moi, plein d'impatience et de joie. Ses cheveux sont plus courts et moins apprêtés. Il a l'air plus jeune, peut-être un effet du bonheur. J'espère que c'est ça parce que, moi, je suis heureuse. Follement.

— Oui, devant moi, dis-je.

— Humm.

Il regarde mes lèvres. Mon dieu, j'ai envie qu'il m'embrasse, mais pas avant d'avoir fini le jeu.

— Ah d'accord, et tu fais quoi, chérie, quand tu vois une bonne chose ?

— Ça dépend de mon humeur, dis-je d'un ton désinvolte.

— Et ton humeur ce soir, elle est comment ?

Il se penche encore plus près, son épaule touche la mienne ; son visage est si près du mien que je vois les rides du bonheur autour de ses yeux et ses longs cils qui le rendent si mignon.

— Je suis d'humeur dangereuse, dis-je en souriant d'un air malicieux.

— Ah oui ? J'adore le danger, ses paupières sont lourdes de désir.

— On dirait bien qu'on était fait pour se rencontrer, non ?

Il sourit :

— Peut-être, oui.

Je tends enfin la main vers son visage, effleurant du bout des doigts la peau délicate de ses joues. Il ferme les yeux. Je sais qu'il aime mes gestes tendres.

— Alors, puis-je t'offrir un autre verre ? murmure-t-il.

— Avec plaisir.

Je trace avec mon doigt l'ourlet pulpeux de sa lèvre inférieure et sa langue effleure ma main – le contact fait écho entre mes jambes.

— Et à quoi boirons-nous, Nicole ?

— A un moment mémorable Aaron. Je souris.

Il prend tendrement mon visage dans ses belles mains solides et se penche pour m'embrasser. Au début, ses lèvres sont douces comme un murmure puis très vite voraces. On ne s'est pas vu depuis trois semaines, je ressens la même chose que lui. J'ai été en manque. Heureusement cela ne va pas durer. Il est là pour m'aider à déménager à Atlanta. J'ai plein de choses à faire mais ça ne m'angoisse pas. Aaron a le don de tout rendre agréable dans la vie, même faire les cartons et le nettoyage.

Depuis qu'on a découvert mes problèmes cardiaques, il passe la moitié de son temps à s'occuper de moi comme si j'étais un petit être fragile. Quand il fait ça, je lui dis que je vais très bien. Mon cardiologue n'est pas inquiet, je suis suivie régulièrement. Je me sens très bien, en pleine forme, je nage en pleine euphorie.

Il faut vivre la vie pleinement. La peur m'a retenue pendant des années, elle m'a fait perdre du temps et de l'énergie. Pas question que je gâche une seconde de plus.

Quant au reste du temps, il me répète à l'envi que je suis merveilleuse et que je peux tout réussir. Jamais un homme ne m'a autant soutenue dans mes projets. Il me pousse à faire des choses auxquelles je n'avais même jamais pensé.

— Bon, je t'offre un verre mais après est-ce que je peux espérer te ramener à la maison et te baiser ?

demande-t-il d'un air malicieux. Ce soir, il n'a pas l'air de beaucoup se soucier de mon état.

— Je ne suis pas celle que tu crois, dis-je en riant, la joie bouillonne dans mon cœur qui est prêt à exploser.

— Ah, Mme Harrington, dit-il avec une telle tendresse dans la voix que ma gorge se serre, suivez-moi et je vous promets que vous ne le regretterez pas.

Je sais qu'il tiendra promesse de toutes les façons possible. Notre relation n'a pas démarré classiquement, on traînait tous les deux un passé trop lourd pour un début. On est sorti ensemble pour oublier nos blessures et on a finalement trouvé l'amour – un amour si fort qu'il a tout effacé. Aaron a été mon inconnu, il est maintenant mon mari. Ça me fait bizarre de le revoir comme l'inconnu qui m'a séduite dans un bar mais on joue notre jeu, on revit nos débuts et tout se met en place dans notre vie.

Mon mari me rend heureuse, plus heureuse que je n'aurais pu l'imaginer. J'ai trouvé enfin le genre d'amour que je désirais plus que tout, un amour si fort qu'il me rassure mais qui en même temps m'aide à déployer mes ailes.

La semaine prochaine, je commence un nouveau boulot et rien ne me fait plus plaisir. Aaron m'a fait comprendre que le changement n'est pas toujours effrayant et peut-être que c'est ce que je lui ai appris, moi aussi.

Je finis mon verre et descend du tabouret devant mon sublime mari, je suis tellement heureuse qu'il soit enfin là avec moi.

— Tu sais quoi, laisse tomber le verre.

Je glisse les mains sous sa veste et commence à caresser son corps.

— Ramène-moi à la maison chéri. Je n'en peux plus d'attendre.

EPILOGUE
AARON

— Tu peux ouvrir ?

Nicole est dans la chambre, je l'entends depuis mon bureau où je suis en train de commander son cadeau d'anniversaire. D'ailleurs, au fil des années, lui trouver un cadeau d'anniversaire relève du défi. Elle ne veut jamais rien, même si j'insiste. Je lui ai acheté tellement de bijoux qu'elle ne pourra jamais les porter tous. Elle a un dressing rempli de chaussures, de vêtements et de sacs mais ne quitte pas son jean et ses pulls préférés. L'année dernière, j'ai fini par lui acheter une paire de chaussons parce qu'elle se plaint tout le temps d'avoir froid aux pieds alors qu'il fait quand même plus chaud ici qu'en Angleterre ! Je veux la protéger et préserver sa santé, en ce moment plus que jamais.

J'appelle pour vérifier que ce sont bien nos invités qui sont arrivés. J'ai envoyé une voiture récupérer Jessie, Ryan et Abbey à l'aéroport, malgré les protestations de Ryan. Je sais bien qu'il a les moyens de payer un taxi mais pour moi, c'est une question d'hospitalité. Le concierge m'a prévenu de leur arrivée. Bon, la course au cadeau d'anniversaire devra attendre un peu.

Je descends l'escalier de marbre en courant et arrive juste à temps. J'entends la voix excitée d'Abbey à l'arrivée de l'ascenseur. J'ouvre la porte en grand et Abbey court vers moi :

— Oncle Aaron ! crie-t-elle.

Mon cœur explose presque de bonheur à son enthousiasme – peut-être parce que depuis le début, elle est très importante pour moi et je le lui montre. Quand j'étais petit, j'avais un oncle très cool et j'ai envie qu'Abbey vive la même chose avec moi. Je la soulève et la lance dans les airs. Elle a grandi depuis leur dernière visite mais elle est toujours légère comme une plume.

— Encore, dit-elle en riant quand je la prends par la taille, encore !

— Abbey, Jessie la reprend, N'excite pas trop Oncle Aaron, tu sais comment il est après.

Je m'étouffe de rire. C'est pas plutôt à moi que Jessie devrait dire ça en parlant de sa fille,

Je lance Abbey à nouveau puis la repose sur ses pieds minuscules.

— Attends un peu, on dirait que t'as un truc dans l'oreille.

Je fais apparaître une pièce dans ses jolies cheveux blonds et la lui tends. Elle est en chocolat et je la vois presque trembler de bonheur.

— Où as-tu appris ce tour ? demande Ryan en me tendant la main.

Il a l'air en forme et c'est tant mieux. Il a une maladie chronique dont on peut pas prévoir l'évolution. J'ai toujours peur que son état se soit aggravé entre deux visites mais je sais que Jessie joue sa partition en coulisses pour préserver sa santé au maximum. Et puis il y a aussi tout l'amour qu'elle lui donne qui lui permet de garder son énergie vitale. Sa poignée de main est ferme comme lors de notre première rencontre. Ce jour-là, j'ai su qu'on s'entendrait bien.

— Oh, le tour, c'est une vielle tradition familiale, dis-je.

— C'est dommage que tu ne puisses pas le faire avec du vrai or, dit Abbey en enlevant le papier et en croquant la pièce.

Jessie a un petit rire amusé.

— Et tu ferais quoi avec des vraies pièces en or, jeune fille ?

— On collecte de l'argent pour des associations à l'école, répond-elle.

— Bravo ma fille, dit Ryan, tout fier, en ébouriffant les cheveux d'Abbey.

— Entrez-donc, dis-je en prenant leur valise sur le seuil, Nicole finit de préparer vos chambres.

— Est-ce que je peux aller la voir ? demande Abbey.

— Bien sûr, je lui montre l'escalier, fais attention de ne pas tomber. Tu seras dans la même chambre que l'autre fois.

Jessie et Ryan ferment la porte et m'emboîtent le pas, je pose leur valise au pied de l'escalier.

— Le vol s'est bien passé ?

— Oui, super, dit Jessie.

Ryan enlace sa femme :

— Elle ne s'habitue toujours pas à voyager sans avoir à faire la queue à l'aéroport.

— Et j'espère bien que je ne serai jamais blasée sur ce sujet-là.

C'est marrant comme Nicole et Jessie sont semblables, deux cousines de chaque côté de l'Atlantique mais qui ont la même vision de la vie.

On entend hurler de rire en haut, je crois bien qu'Abbey a découvert sa chambre. Nicole s'est éclatée à la décorer, elle a ajouté un baldaquin au lit et une cabane-château dans un coin de la chambre.

— Qu'a-fait Nicole ? demande Jessie en levant les yeux au ciel.

— Eh ben, disons qu'Abbey est entrée dans la chambre dont toutes les petites filles rêvent, dis-je en riant.

— Je me doute que t'avais absolument besoin d'une chambre comme ça chez toi, dit Ryan en hochant la tête.

— On a suffisamment de chambres, on peut bien en réserver une à Abbey.

— Il faudra bientôt rajouter un lit dans cette chambre, dit Jessie en tapotant son ventre.

Je viens juste de me rendre compte qu'il est un peu plus rond qu'il y a trois mois.

— Tu es enceinte ? dis-je en lui lançant un grand sourire, elle rougit.

Ryan hoche la tête :

— Tu vois ? Elle est toujours gênée d'en parler aux gens, elle a l'impression que tout le monde nous imagine en train de faire l'amour.

J'étouffe un rire et les amène vers les grands canapés confortables que Nicole a choisis l'automne dernier. Elle m'a demandé si on pouvait faire en sorte que le salon ressemble moins à une garçonnière, je l'ai bien sûr laissée faire. A vrai dire, je me fiche pas mal du mobilier de cet appartement, du moment que Nicole est avec moi.

Nous nous affalons dans les canapés, Jessie se fait un semblant de chignon.

— Je crois quand même que Jessie a les idées mal placées, dis-je, peut-être que c'est elle qui pense au sexe chaque fois qu'elle voit une femme enceinte.

Ryan pose sa main sur le genou de Jessie :

— Brave fille, dit-il en souriant.

Les rires se rapprochent, Nicole et Abbey sont dans l'escalier. Ma sublime femme a dans les bras un énorme lapin en peluche qui cache la moitié de sa poitrine.

— Regarde Maman, crie Abbey, il s'appelle Fluffy.

— Oh wow, ma puce ! dit Jessie en se tournant vers sa fille qui rayonne de bonheur, salut Nicky !

Elle se lève, les deux cousines sont face à face. Tout à coup, Nicole remarque le ventre de Jessie, elle jette un coup d'œil de mon côté pour confirmation, je fais signe que oui. Nicole met la peluche par terre et pose la main sur son propre ventre arrondi :

— Eh ben, on dirait bien qu'on n'a pas été très sages toutes les deux, dit-elle en souriant.

Les deux cousines rient de bon cœur, en se serrant dans les bras tendrement, comme on fait dans les familles qui s'aiment beaucoup. Elles ont l'air mal à l'aise uniquement parce que leurs ventres se touchent et que leurs fesses ressortent. Ryan se lève et me serre la main à nouveau :

— Bravo Aaron, dit-il, bien joué.

Nicole s'écarte de Jessie et regarde son cousin par alliance :

— Ça veut dire quoi « Bien joué Aaron » ? Tu sais bien que sa participation dans ce processus a été de courte durée.

— Ah bon ? Jessie hausse les sourcils et tout le monde se marre.

— J'aurais préféré que tu dises que ma participation a été épique et mémorable, dis-je.

— Mais bien sûr, mon amour, c'est exactement ça.

J'adore quand Nicole m'appelle « mon amour ». Avec son accent très british, on dirait qu'elle sort d'une série historique comme Downton Abbey.

— Euh, je me trompe ou tu te moques de moi ?

Je lève les yeux au ciel mais avec un large sourire. Nicole pose la main sur son ventre. Je n'ai pas les mots pour exprimer mon émotion de la voir enceinte, elle porte mon enfant dans son ventre. Un léger frisson d'inquiétude me parcourt mais je l'évacue très vite. Nicole va bien, son cœur est solide. Les médecins ne sont pas inquiets. J'essaie de me rassurer, mais je connais ses problèmes cardiaques et sa santé me préoccupera toujours, d'autant plus maintenant que son corps est soumis à rude épreuve.

Abbey pose Fluffy sur les genoux de son père et lui dit d'embrasser la peluche, ce qu'il fait sans hésiter une seconde. On voit bien qu'il s'est habitué à être le père d'une petite fille très exigeante.

— Sean est en train de nous préparer un fabuleux repas, dit Nicole à sa cousine, vous avez faim ? Je vais lui demander de servir.

— Je ne dis pas non, dit Jessie.

— Elle a tout le temps faim, dit Ryan, je suis sûr que ce bébé est un ver solitaire géant !

Jessie fait une grimace qui déforme son joli visage :

— Dégoûtant !

— Maman a un ver dans son ventre ? demande Abbey, choquée, en posant les mains sur ses joues rebondies dans un geste d'effroi.

— Mais non ! dit Jessie, c'est Papa qui dit des bêtises.

Abbey donne une tape sur le genou de son père comme si elle disputait un petit enfant qui aurait été méchant :

— Papa, tu as menti !

Ryan soulève le lapin géant dans les airs :

— Je plaisantais, mon ange. Tiens, attrape.

Abbey s'empare de Fluffy :

— Les lapinous ne volent pas, dit-elle.

— J'espère que t'es prêt, me dit Ryan, les filles ne deviennent pas des femmes. Elles sont déjà femmes à la naissance, dans des corps plus petits, c'est tout.

Tout le monde se met à rire de bon cœur et je suis pleinement détendu et heureux. On m'aurait dit à une certaine époque qu'un jour je ressentirais ça, je ne l'aurais pas cru. A cette époque-là, je ne voyais devant moi que le vide de ma vie comme une route qui ne mène nulle part. Je ne pouvais plus faire confiance à personne, j'étais persuadé que je laisserais plus jamais personne approcher de mon cœur.

Et puis j'ai rencontré Nicole.

Je regarde ma femme, elle appelle Sean et lui demande de servir le repas. Elle a eu du mal à accepter d'avoir du personnel à la maison. C'est plus facile depuis qu'elle est fatiguée à cause de la grossesse. Il ne reste que deux mois avant notre retour provisoire en Angleterre, ça a changé bien des choses, elle a l'esprit au voyage.

Pendant les premiers mois de notre relation, nous avons multiplié les aller-retours au-dessus de l'Atlantique pour être ensemble. Je ne voulais pas qu'elle abandonne sa vie pour une relation encore incertaine. Nous avons avancé pas à pas dans notre histoire pour ne pas heurter les sentiments de chacun et ça a marché.

Petit à petit, la confiance s'est installée entre nous.

Lorsque j'ai demandé Nicole en mariage, je lui ai demandé si elle était prête à déménager à Atlanta. J'avais envie de partager mon lit avec elle toutes les nuits, pas juste pendant des week-ends et les vacances. J'avais besoin de stabilité mais je ne pouvais pas laisser mon entreprise en plan. Je lui ai promis qu'elle pourrait repartir en Angleterre aussi souvent qu'elle voudrait. Elle a dit oui sans aucune hésitation.

En revanche, quand nous avons parlé de faire un bébé, elle m'a dit qu'elle aimerait accoucher à Londres pour être près de sa famille. J'ai tout de suite été d'accord car je me rends bien compte du sacrifice que je lui ai demandé.

Nous séjournerons à Londres pendant six mois. Deux mois avant la naissance, le temps de préparer la maison de Kensington pour l'arrivée du bébé et quatre mois après, pour que les parents de Nicole puissent être près d'elle. Je lui ai dit que je paierai un accouchement dans une clinique privée mais elle a décidé d'aller dans le public :

— Nous avons un système de santé performant et gratuit en Angleterre et de toute façon, il vaut mieux que je sois dans un grand hôpital qui a un service de cardiologie, m'a-t-elle dit.

Elle est comme ça ma femme ! Elle a les pieds sur terre et du bon sens à revendre.

Nous attendons pour passer à table et Ryan me parle d'une affaire qu'il est train de conclure. Nicole et Jessie parlent de poussettes et berceaux et de tout le matériel pour bébé qu'on va devoir acheter. Jessie a du mal à croire qu'on ne sache pas déjà le sexe du bébé. Nicole veut garder la surprise et moi, je suis d'accord avec elle.

— Il y a très peu de belles surprises dans la vie, dit Nicole, j'ai envie de bien profiter de celle-là.

Sa vision de la vie est si touchante que je ne peux pas la contredire.

Sean arrive avec les plats, l'odeur est délicieuse mais je ne la reconnais pas. Il fait une drôle de tête quand il soulève la cloche :

— Toad-in-the-hole, dit-il avec enthousiasme.

— Toad quoi ? dis-je avec horreur.

Nicole est morte de rire, elle est pliée en deux et se tient le ventre.

— Toad-in-the-hole, « le crapaud dans le trou », c'est une spécialité anglaise.

— Je savais que les français mangeaient des grenouilles mais des crapauds...c'est totalement...

— Mais non, ce ne sont pas vraiment des crapauds, ses yeux ruissellent de larmes, ce sont des saucisses.

Je jette un coup d'œil à Sean, comment mon chef étoilé a-t-il pu se laisser convaincre de cuisiner un plat si bizarre ?

— C'est la première fois que j'en fais, dit-il, j'espère que c'est réussi.

— Ça a l'air parfait, Nicole a tellement de jubilation dans la voix que je n'ai qu'une envie : l'enlacer et la serrer fort dans mes bras.

— Ta maman en faisait, il me semble ? dit Jessie.

— C'est l'un de mes plats préférés. J'ai juste eu cette envie bizarre et je me suis dit que j'allais tous vous en faire profiter.

— Eh bien, moi ça me va.

— Je veux pas manger de crapaud, dit Abbey d'un air triste.

Ryan la soulève et l'assoit dans le rehausseur qu'on a acheté quand ils sont venus la dernière fois :

— C'est juste des saucisses, ma puce.

— Et en plus, elles sont cachées, ajoute Nicole en montrant le plat.

Elles sont en effet cachées sous une espèce de coque feuilletée croustillante. Je hausse les sourcils d'un air interrogatif :

— C'est du Yorkshire pudding, dit Nicole en riant, elle a les yeux boursouflés tellement elle a ri. Asseyez-vous, je suis sûre que vous allez adorer.

Je ne sais trop quoi dire, je fais confiance à ma femme mais parfois les différences culinaires entre nos deux patries me déconcertent.

Pourtant elle a raison, c'est délicieux, un plat à la fois simple et réconfortant.

On aurait pu déguster n'importe quoi ce soir : du homard, du steak, des sushi, du risotto aux truffes, du caviar. Il suffisait de demander et Sean le cuisinait mais ma femme a choisi un plat familial traditionnel.

Je sais que Nicole veut élever nos enfants avec des valeurs saines qui m'ont manquées dans mon enfance et elle en fera des gens bien.

Nous passons le reste de la soirée à discuter et à jouer à des jeux. Fluffy le lapin s'est trouvé un terrier sous la table et Jessie et Ryan nous parlent de leurs dernières vacances. Pendant tout le temps, je regarde ma femme et la lumière qui émane d'elle.

Plus tard, quand Abbey est au lit et Jessie et Ryan dans leur chambre, j'emmène ma femme au lit.

— C'était une soirée sympa, dit-elle en s'installant, entourée d'oreillers, pour se masser le ventre avec une crème. La peau est tendue et fait ressortir son nombril, d'habitude discret. Maintenant, elle doit porter des soutiens-gorge de grossesse plus souples, sans armatures. Elle n'est plus tout à fait la même mais elle reste parfaite.

Je me glisse dans le lit et me rapproche d'elle.

— Je veux parler au haricot, dis-je.

Nicole se met à rire en soulevant la chemise qu'elle vient de descendre sur son ventre à l'odeur délicieuse.

— Regarde le haricot, il gigote, dit-elle.

Son ventre bouge, notre bébé s'étire et forme une bosse sur le ventre. Une main, un pied ? je ne sais pas trop.

— Oups...ça fait mal ?

— Pas vraiment non, ça fait juste une drôle de sensation.

Elle regarde son ventre et ses yeux se brouillent sous l'effet de ce sentiment d'émerveillement qui m'étreint aussi.

— Mon petit haricot, on se calme, c'est l'heure de dormir.

— Je crois qu'il a bien aimé le massage que tu viens de lui faire.

— Peut-être que ce n''est pas un « il », dit-elle en souriant.

— Haricot, ta maman m'a fait manger du crapaud ce soir, c'était très bon.

Nicole rit sans bruit et son ventre bouge encore.

— Je pense qu'un jour, à toi aussi, elle te fera manger du crapaud. Prépare-toi !

— Haricot est en train de manger du crapaud là et visiblement il adore – d'ailleurs, je crois que c'est pour ça qu'il bouge beaucoup.

— Il faudra que tu pardonnes à ta maman ce surnom de Haricot, dis-je, mon instinct me dit que tu es un garçon mais elle ne me croit pas.

— Aaron Harrington, troisième du nom, s'esclaffe Nicole. Encore un truc qui a du mal à franchir l'Atlantique : la tradition du nom.

— C'est un beau nom bien solide, dis-je en souriant.

— Et je l'adore pour toi, mais pas pour notre fils.

— Mon père sera fâché.

— C'est pas ton père qui va devoir expulser un truc ave une tête de la taille d'un melon dans deux mois. Quant au prénom de mon père, ce n'est pas possible.

— Oui c'est sûr, Harry Harrington, ça marche pas non plus.

Je pose la main sur sa peau chaude et sent le coup de pied délicat de notre bébé qui n'est pas encore né, un moment unique, le miracle de la vie.

— Alors, t'as pensé à quoi comme nom ? dis-je.

On a passé des heures à plaisanter sur tous les choix possibles et elle sait que je n'ai pas forcément envie de continuer la tradition. Ce n'est pas toujours facile d'être dans l'ombre de son père, de ne pas avoir sa propre identité.

— Tu penses quoi d'Alexandre ?

J'entends un ton nouveau dans sa voix, une légèreté pleine d'espoir.

— J'adore Alexandre, dis-je.

— et Alexis si c'est une fille ?

— Alex Harrington, dis-je, je dis le nom dans ma tête et je vois un petit garçon ou une fille petite fille se ruant sur moi. Pas mal comme nom, vraiment pas mal.

— Je crois que c'est bon, t'as réussi ton coup, dis-je en embrassant son ventre.

Un petit bout du corps de bébé touche mes lèvres à travers la peau de Nicole, Haricot a l'air d'accord.

Elle passe la main dans mes cheveux, apaisant d'un geste ma tête et mes pensées.

— C'est incroyable que Ryan et Jessie aient un autre bébé en même temps que nous. Ils grandiront ensemble et seront les meilleurs amis du monde. Ce sera fantastique.

— Oui, en effet.

— Ryan a l'air en forme, non ? Nicole glisse dans le lit jusqu'à se retrouver face à moi. Je vois de l'espoir dans son regard. Je sais qu'elle se fait beaucoup de souci pour Jessie qui a déjà perdu son premier mari. Alors si elle perdait aussi le père de ses enfants, ce serait ... je ne sais pas quoi dire en imaginant ce moment tragique.

— Il a l'air vraiment bien. Il reçoit beaucoup d'amour

et ils profitent de chaque jour, c'est d'ailleurs ce qu'on devrait tous faire. Et puis, j'ai peut-être un projet en cours de développement à AHP.

Nicole écarquille les yeux :

— Un nouveau traitement ?

— Ils travaillent sur quelque chose mais ils n'en sont qu'au début des recherches. N'en parle ni à Jessie, ni à Ryan. Tu sais comment c'est, beaucoup de médicaments ne passent pas l'étape des essais cliniques.

— Je sais oui. Mais c'est une bonne nouvelle quand même. Ça serait bien, non ?

J'acquiesce, enthousiasmé par l'optimisme de ma femme. J'embrasse ses lèvres douces, elles ont le goût de son bain de bouche et je respire en même temps le parfum de sa crème pour le visage. Quand je suis avec elle, je me sens bien. Sa main glisse sur mon bras puis descend le long de mon dos jusqu'à mes fesses. Elle m'attire vers elle mais son ventre s'interpose entre nous.

Ce n'est pas très facile de faire l'amour en ce moment. Je ne la vois venir et ça me manque. Pourtant, quand je la fais jouir, c'est toujours un plaisir renouvelé et peut- être le meilleur moment de la journée.

— Retourne-toi chérie dis-je à voix basse entre deux baisers.

Elle se retourne et je tire son délicieux cul arrondi vers moi, la culotte est retirée en deux secondes. Mes doigts la trouvent mouillée et prête, mais je ne suis pas pressé. Son clito est bouillant et tout dur, il gonfle sous les caresses délicates de mon doigt.

— Est-ce que c'est bon ? lui demandé-je.

— Oh oui, dit-il d'une voix haletante, n'arrête pas.

Je sais que je pourrais la faire jouir avec un seul doigt. Ses hanches impatientes commencent à onduler, et sa respiration devient saccadée. Pourtant, je n'ai pas envie de ça. J'ai envie de sentir son plaisir de l'intérieur. J'ajuste l'angle de ses hanches et je m'enfonce en elle, dans sa chatte étroite, je force un peu. Putain, c'est trop bon avec elle.

— Ooh, gémit-elle. Elle passe ses mains derrière elle et agrippe mes fesses pour me forcer à bouger plus vite et à aller plus loin. Je ferai tout ce qu'elle voudra si ça peut lui donner du plaisir. Elle presse son clito contre mon doigt, un autre gémissement lui échappe, sa chatte se contracte autour de ma queue. Putain, c'est trop bon.

Je l'embrasse dans le cou et lui dis qu'elle est belle. Je l'enlace et la serre contre moi de toutes mes forces. Quand je jouis, c'est bien plus qu'une délivrance physique. C'est comme si ça scellait notre amour, comme si j'admettais enfin que cette femme est le futur de mes espoirs et de mes rêves, qu'elle porte mon avenir.

— Je t'aime, murmure-t-elle en embrassant ma main qu'elle a portée à ses lèvres. Je suis tellement reconnaissant que le destin m'ait fait rencontrer cette femme. En la rencontrant, j'ai compris que si je laissais la peur prendre le contrôle de ma vie, je passerais à côté de ce que je cherche. J'ai appris à faire confiance à nouveau, c'est un nouveau départ et je sais que j'aimerais Nicole jusqu'à la fin de mes jours.

Cette femme que j'ai rencontrée au bar de l'hôtel n'est plus une inconnue, c'est l'autre moitié de moi.

A PROPOS DE L'AUTEURE

Stephanie Brother écrit des histoires vibrantes qui racontent les aventures sentimentales de mauvais garçons et de (faux) demi-frères et sœurs. Les interdits l'ont toujours fascinée et dans ses livres, elle explore des relations compliquées où ses personnages défient les tabous au risque d'être séparés. Comme elle se réalise pleinement en écrivant, Mlle Brother espère que ses lecteurs et lectrices ressentiront des émotions romantiques et prendront autant de plaisir à la lecture de ses histoires qu'elle en a pris à les écrire.

Suivez l'actualité des nouvelles publications. Stephaniebrotherbooks.com